장미의 이름은 장미

장미의
이름은
장미

은희경 연작소설

문학동네

우리는

왜

얼마 동안

어디에

영화와 사진 속에서 그 도시는 언제나 빌딩이나 공원에 둘러싸여 있었다. 높고 현란한 전광판이 몇 겹으로 펼쳐져 있기도 했고 전 세계에서 모여든 수많은 사람들이 복잡한 지하철 계단을 바쁜 걸음으로 오르내렸으며 야외 분수대 앞에서는 거리 공연이 열렸다. 누군가 그 도시를 여행했다고 말하면 대개는 경찰차와 노란 택시들, 멋진 공원과 수준 높은 공연장, 베이글이나 스테이크 식당, 미술관과 박물관, 엠파이어스테이트빌딩과 증권거래소, 이런 것들에 대해 물을 것이다. 어쩌면 도심 한가운데의 소란스러운 작은 술집들 혹은 화려한 다리의 야경 등에 대한 끊임없는 자랑을 듣게 될지도 모른다. 그러나 승아에게서는 그중 어떤 이야기도 들을 수 없을 것이다. 승아가 그 도시에 대해 말할 수 있는 건 끔찍한 더위, 가로막힌 창문들, 저녁 거리에 쌓여 있는 검은 쓰레기봉투의 냄새, 시간을 지키지 않는 우편물, 그리고 친구네 집 벽에 걸린 통근용 자전거 같은 것이었다.

토요일

그 도시에 가기 위해서는 비행기를 열네 시간이나 타야 했다. 두 번의 기내식을 먹고 날짜변경선을 지나고 갖가지 형태의 구름과 검은 밤과 황금빛 여명 속을 통과하는 긴 시간 동안 승아는 계속해서 깨어 있었다. 실내등이 꺼진 뒤 와인을 청해 마셔보았지만 끝내 잠은 오지 않았다. JFK공항에 내렸을 때는 약간 몽롱하면서도 긴장된 상태였다.

입국 심사대를 통과하는 일은 걱정했던 것보다 쉬웠다. 이민국 공무원은 예상대로 세 가지 질문을 던졌다.

왜, 얼마 동안, 어디에. 승아는 친구를 방문하러 왔으며 열흘 동안 그녀의 집에서 지낼 거라고 준비된 대답을 했다. 이국의 공항에서 영어로 말하고 있는 자신을 의식하자 그제서야 떠나왔다는 것이 실감되었다. 하지만 이 여행을 위한 준비는 거기까지였다. 승아는 영어도 서툴렀고 길눈도 어둡고 돈도 별로 없었다. 사실은 아무런 계획도 세우지 않은 채 막연한 기대만 갖고 떠나온 셈이었다. 수하물을 찾아 세관을 통과한 그녀는 백팩 속에서 명품 로고가 선명한 선글라스를 꺼내 썼다.

게이트 앞에 서 있는 마중객들 속에서 승아는 민영을 쉽게 찾아냈다. 구겨진 민소매 셔츠에 평범한 검은색 슬랙스. 언제 잘랐는지 긴 머리가 단발로 바뀌었는데 앞머리가 눈을 가릴 만큼 흘러내려와 있었다. 인스타그램에서 보았던 자유롭고 들뜬 듯한 모습과는 달리 표정도 건조하고 피곤이 느껴졌다. "오랜만이다." 민영이 다가와 담담한 목소리로 인사를 건넸다. "응." 머리 위로 들어 흔들던 손을 아래로 내리며 승아도 짧게 대꾸했다.

둘이 마지막으로 만난 건 재작년 여름, 민영이 대학원 과정을 마치고 유학생으로서 마지막 방학을 보내러 서울에 왔을 때였다. 승아는 민영을 서촌에서 만나 길게 줄이 늘어선 떡볶이집으로 안내했고 한 그릇에 만이천원이나 하는 빙수 카페에도 데려갔다. 그때 민영은 남의 나라에 서 취업을 준비하는 어려움과 수모에 대해 이야기했다. 아이비리그를 졸업해도 외국인은 어쩔 도리가 없다고 말 하는 민영은 이미 수없이 많은 거절을 당해 기운이 빠진 것 같았다. 한국은 맛있는 것도 많고 모든 게 빠르고 편 리하며 사람들도 다 세련되고 능력 있어 보인다는 말도 했다. 하지만 한국에 돌아오고 싶은 마음은 조금도 없어 보였다. 취업에 집착하는 이유 역시 독립을 위해서라기 보다 거기에 계속 머무르려면 그 방법밖에 없기 때문인 듯했다. 그리고 지금 민영은 전 세계의 문화와 사람과 돈 이 모여든다는 이 도시의 직장인이었다.

"그거 이리 줘." 민영이 캐리어 위에 올려놓은 승아의 백팩 쪽으로 손을 내밀었다. "괜찮아, 안 무거워." "그래, 그럼." 등을 돌려 걸음을 옮기기 시작하는 민영을 뒤따르 기 위해 승아는 급히 목베개가 달랑거리는 백팩을 메고 캐리어를 밀기 시작했다. 게이트를 빠져나오니 건물 밖 에는 여름 한낮의 햇살이 하얗게 내리쬐고 있었다. 승아가 처음 만나는 이 도시의 햇빛과 공기였다. 민영은 도심으로 가는 공항 열차를 탄 다음 지하철로 갈아탈 거라고 말하면서 햇빛 때문에 눈을 찡그렸다.

지하철에는 빈자리가 많았다. 몇 마디 안부를 주고받은 뒤 민영은 피곤한 듯 눈을 감았다. 두어 정거장쯤 지났을까. 다시 눈을 뜨더니 승아를 바라보며 말했다. "네가 진짜 올 줄은 몰랐어." "왜?" "다들 바쁘니까." "바쁘긴 하지." 민영의 말에 애매하게 대꾸한 다음 승아는 창밖으로 시선을 돌렸다. 잠시 뒤에 민영이 승아의 팔을 가볍게 건드렸다. "다음에 내려." 민영은 그 지역이 그리스 이민자들이 정착한 동네라 지중해식 음식점이 많다고 말한 뒤 거기서 이스트강을 건너면 맨해튼이라고 짧게 덧붙였다.

민영의 집은 지하철역에서 세 블록 떨어져 있었다. 신호등을 여섯 번 건너고 모퉁이를 네 번 꺾어 도는 그리 길지 않은 동선에서도 승아는 민영을 놓칠세라 캐리어 손잡이를 붙잡고 종종걸음을 쳐야 했다. 샌들 끈 사이로 햇볕에 노출된 발등이 금세 따가워졌고 등에서는 땀이 흘러내렸다. 그 거리의 풍경에 민영의 인스타그램에 등장하는 하늘을 찌르는 빌딩숲이나 공원을 배경으로 한 브라운스톤 건물은 없었다. 좁은 길 양쪽으로 드문드문 잡화점과 식료품점과 작은 식당 들이 들어서 있었고 지나다니는 사람들의 차림새도 승아의 머릿속 뉴요커와는 거리가 멀었다.

승아는 신도시의 아파트 단지에서 성장해 푸드코트와 영화관이 갖춰진 대학교를 다니고 논현동의 고층건물에 입주한 잡지사에서 일했다. 그녀의 눈에는 이 거리의 모든 것이 낡고 칙칙하고 구닥다리이고 영세했다.

민영의 집이 있는 사층 아파트 역시 지은 지 백 년은 넘었을 만한 모습이었다. 시멘트 벽의 갈라진 틈으로 잡초가 삐져나왔으며 손바닥만한 앞마당에는 녹슨 재활용 쓰레기통 몇 개와 망가진 소파가 놓여 있었다. 민영이 숄더백에서 묵직해 보이는 열쇠꾸러미를 꺼내 그중 한 개를 현관문 구멍에 꽂으며 말했다. "사층이야. 아래층에 관리인 할머니 사니까 캐리어 소리 내지 말고 조용히 올라와."

엘리베이터는 없었다. 더러운 카펫이 깔린 아파트의 좁고 어두운 계단을 올라가는 동안 승아는 세 번이나 계단참에 캐리어를 내려놓고 헐떡이는 숨을 진정시켜야 했다. 가까스로 꼭대기 층에 닿았을 때, 비행기에서 내리기 전 프랑스제 핸드크림을 꼼꼼히 발랐던 손은 갈퀴 모양으로 굳은 채 한동안 펴지지가 않았다.

집은 생각보다 좁았지만 밝고 깨끗했다. 들어서자마자 새로 페인트칠을 한 깔끔한 주방이 나타났고 그 너머 거실에는 이 인용 패브릭 소파와 크림색 책장이 놓여 있었다. 유리갓을 씌운 스탠드 등과 관엽식물 화분 몇 개가 아늑한 분위기를 더해주었다.

승아는 벽에 걸린 마티스 액자가 민영이 모마에서 산 프린트이고 아즈텍 조각상은 엄마와 함께 떠났던 멕시코 여행의 기념품임을 알아보았다. 출퇴근용으로 쓴다던 은색 자전거와 헬멧 역시 눈에 익은 물건이었다. 급히 청소를 마친 듯 진공청소기가 콘센트에 꽂힌 채 구석에 놓여 있었는데 그것을 빼고는 모든 것이 'cozy'나 'my place'라는 해시태그와 함께 인스타그램에 올라온 사진 그대로였다. 민영은 아주 가끔 사진을 올렸지만 승아는 하나도 빼놓지 않고 보고 있었다.

승아의 눈길은 뒷마당으로 나 있는 커다란 창을 향했

다. 그곳으로 아낌없이 햇빛이 쏟아져 들어와서 거실 바닥과 벽, 책꽂이의 책등 하나하나까지 골고루 환하고 편안한 느낌을 만들어주었던 것이다. 그러나 민영이 다짜고짜 창으로 다가가 커튼을 닫아버렸으므로 그 빛은 금방 차단되었다. "저 새끼들, 또 저러네." 민영에게서 처음 들어보는 거친 말투였다. 건너편 건물 창가에서 담배를 피우며 이쪽을 염탐하는 남자들이 있다고 말하는 민영의 이마에 세로 주름이 깊게 새겨졌다. "청소 땜에 열어놨는데, 집에 있을 땐 커튼을 꼭 닫아야 해. 특히 너 혼자 있을 때." "총이라도 쏘는 거니?" "그건 아니지만, 재수가 없으면 별일이 다 생기는 데니까." 승아가 던진 어설픈 농담에 민영은 뜻밖에도 진지하게 대답했다.

민영이 새로 이사갈 집에 페인트칠을 하는 사진을 인스타그램에 올린 건 한 달쯤 전이었다. 지금 살고 있는 집의 임대 기간이 한 달 가까이 남았는데도 새집이 마음에 들어 이사를 앞당기게 되었다는 글과 함께였다. 룸메이트가 없어서 결정하기 쉬웠다고도 쓰여 있었다. 이 도시의 높은 월세를 생각한다면 그것은 새집이 좋다는 뜻이기도 하고 동시에 민영이 그만큼 경제적 여유를 갖췄다는 의미이기도 했다. 그 두 가지 모두 승아를 자극했다. '집 좋다. 당장 갈 테니 내 자리 비워놔.' 누군가가 달아놓은 댓글 아래 민영은 '환영!'이라고 답을 붙였다.

팀원들의 커피를 사러 회사 앞 스타벅스에 나왔던 계약직 사원 승아는 닉네임이 불리기를 기다리는 동안 인스타그램에 접속했다가 그 글을 보았다. 그녀는 핸드폰 액정 속의 환영이라는 단어를 한참 동안 바라보았다. 흔하고 일상적인 말이었지만 그때의 승아에게는 왠지 그냥 지나칠 수 없는, 승인과 호의가 담긴 유의미한 단어로 여겨졌다. 눈앞에서 문이 닫히더라도 그게 끝이 아니고 어딘가에 환영이라고 적힌 다른 문이 있다. 그것이 마치 어떤 계시처럼 느껴졌던 승아의 눈에는 그 문이 활짝 열려 있는 것으로 보였다.

시차를 계산해본 승아는 민영이 잠 깰 무렵까지 열 시간을 기다렸다가 문자를 보냈다. '누구나 환영이니? 나 진짜 갈까.' 답장을 받은 것은 다시 하루가 지난 뒤였다. '잠자리가 불편할 텐데 괜찮아? 방이 하나뿐이라.' 그걸 읽자마자 승아는 물론 상관없다고 곧바로 답을 보냈다. 전자 여권은 이미 갖고 있었다. 지금 생각하면 사탕발림이었지만 회식 자리에서 편집장이 기회가 되면 해외 출장에 데려갈 수도 있다고 한마디 던진 뒤 만들어놓은 것이었다. 시간이 촉박했지만 항공권은 여행사에 다니는 친구에게 부탁하면 구할 수 있을 것 같았고 이 년 부은 적금도 깰 생각이었다. 그동안은 엄마의 성화에 무리해서 유지해왔고 어차피 계속 불입할 능력도 없었다.

승아도 알고 있었다. 그런 무분별한 추진력이었다면 남동생처럼 집안 눈치 보지 않고 어학연수를 보내달라고 졸랐을 것이고 어중간하게 몸을 사리다가 남자친구를 놓치는 일도 없었을 것이고 야근과 휴일 근무가 예사이면서 제대로 대우해주지 않는 회사를 진작에 박차고 나왔을 것이다. 그녀는 무책임한 낙관과 자기 연민이 불러오는 비관 둘 다를 경계해왔다. 스스로를 현실주의자라고 생각하면서 주어진 조건에 순응해왔다. 그러나 이제야말로 언제까지나 그런 사람만은 아니란 걸 보여줄 필요가 있었다. 다른 누구보다도 자신에게.

열흘이나 휴가를 낼 수 있냐고 민영이 물어왔을 때 승아는 안 쓴 연차를 합하면 얼추 맞출 수 있다고 거짓말을 했다. 다음주면 계약 기간 이 년을 채우게 되고 정규직으

로는 채용되지 않을 테니 쫓겨날 게 뻔했지만 그것까지
는 말하고 싶지 않았다.

민영이 미리 얘기한 대로 방은 하나였다. 사철 옷이 걸
린 행어 한 개와 거울이 얹혀 있는 단출한 서랍장이 놓였
고 그에 어울리지 않는 커다란 침대가 방 한가운데를 차
지하고 있었다. "결혼하는 친구가 줬는데, 이 방에 좀 크
긴 해." 민영은 변명하듯이 말한 다음 침대에 걸터앉는가
싶더니 시트 위에 그대로 등을 대고 누웠다.

승아는 침대와 서랍장 사이 바닥에 캐리어를 펼쳤다.
겨우 한 사람이 지나다닐 만한 공간밖에 남지 않았다. 그
제서야 잠자리가 불편할 거라는 민영의 말이 무슨 뜻인
지 깨달았다. 승아와 달리 민영은 유치원 때부터 자기 방
이 따로 있었고 누구와도 한 침대에서 자지 못했다. 아무
리 침대가 커도 마찬가지일 것이다.

열어젖힌 캐리어의 맨 위에 민영에게 줄 선물이 있었
다. 승아는 그걸 사기 위해 몇 시간 동안 포털에서 '유학
생 선물'을 검색하고 눈알이 빠지도록 인터넷 쇼핑몰의
후기를 뒤졌다. 그러나 농축시킨 뒤 말려서 가루로 만든
사골 국물과 유기농 해물 다시팩 따위를 민영이 반기지

않으리라는 걸 이제는 알았다. 조금 전 주방이 깨끗하다는 승아의 말에 민영은 날이 더워져 요즘은 요리를 전혀 하지 않는다고 대답했던 것이다.

승아가 샤워를 마치고 방으로 들어왔을 때 민영은 이불을 덮고 잠들어 있었다. 서랍장 위에 개켜져 있던 담요와 여름 이불을 가져와 바닥에 깔고 승아도 자리에 누웠다. 잠든 민영을 건드릴까봐 침대 머리맡에 놓인 여분의 베개 대신 자신의 목베개를 벴다. 한참을 뒤척이긴 했지만 워낙 오랜 시간을 깨어 있었으므로 결국 잠들 수 있었다.

다시 눈을 떴을 때는 해가 한참 기운 시각이었다. 민영은 침대 위에도 거실에도 욕실에도 없었다. 그리고 한 시간이 넘도록 돌아오지 않았다. 배가 고파왔으므로 하는 수 없이 승아는 싱크대 아래 칸에서 냄비를 찾아 사골 가루를 물과 함께 끓이기 시작했다. 냉장고 안에서 플라스틱 포장 용기에 담긴 파스타를 발견했지만 언제부터 거기 들어 있었는지 알 수 없게 말라붙어 있었다. 즉석밥을 국에 말아 배를 채운 승아는 거실 소파로 가서 앉았다.

책장에는 영어로 된 책뿐이었고 텔레비전도 없었다. 방전된 핸드폰을 가져와 전원을 연결했지만 미처 로밍을 하지 않은 탓에 할 수 있는 건 사진 파일 열어보기와 다운로드된 게임뿐이었다. 그런 일로 시간을 때울 만큼 느긋한 기분은 아니었다. 그렇다고 무턱대고 혼자서 집밖으로 나가는 것은 엄두가 나지 않았다. 어두워진 실내에서 승아는 자신이 왜 커튼조차 열 수 없는 이국의 낯선 공간에 혼자 앉아 있는지 곰곰이 생각했다. 떠나오기 전 그녀는 주변의 모든 것이 자신을 밀어낸다고 생각했다. 그리고 그것들에게서 떠나온 지금은 이 도시에서 유일하게 아는 사람인 민영에게 또 거부당하는 기분이었다.

민영이 돌아온 것은 밤 열한시가 넘어서였다. 소파에서 잠깐 잠이 들었던 승아는 문 여는 기척에 곧바로 눈을 떴다. "너 진짜 잘 자더라." 샌들의 고리를 풀며 민영이 말했다. "첫날 안 자고 버텨야 시차 적응 빨리 하는데." 민영은 손에 들고 있던 종이봉투를 식탁 위에 내려놓았다. 몇 시간은 들고 다닌 듯 심하게 구겨져 있었다. "멀리 나갔다 왔니?" "응, 뭐 잠깐 전해줄 게 있어서." 민영은 대수롭지 않게 대꾸하며 봉투를 가리켰다. "베이글이랑 수프야." "그리스 식당에서 사온 거야?" "아니, 그리니치 빌리지에서."

승아는 이 도시에 대해 많은 정보는 없었지만 그리니 치빌리지가 레스토랑과 카페가 모여 있고 재즈 클럽 블루 노트가 있는 맨해튼의 동네란 것 정도는 알고 있었다. 그러고 보니 민영의 옷차림은 공항에 나왔을 때와 달랐다. 목이 파인 블라우스와 산뜻한 시폰 스커트 차림이었다. 희미하게 술냄새도 났다. "넌 안 먹어?" 민영의 등뒤에 대고 승아는 다시 말을 붙여보았다. "먹고 왔어." 그 말을 끝으로 민영은 욕실로 들어갔다.

그날 밤 민영은 꿈이라도 꾸는지 자주 뒤척이고 이따금 낮은 신음소리까지 냈다. 그 소리를 등진 채 한참을 누워 있었지만 승아에게 더이상의 잠은 남아 있지 않았다. 핸드폰 검색으로 한국 시간이 오후 세시인 것을 확인하고는 그대로 자리에서 일어나버렸다. 그러고는 한밤중 식탁에 앉아서 이 도시의 첫 음식을 먹었다. 수프는 고기냄새가 느끼하고 짰다. 베이글 역시 소문과 달리 딱딱하고 퍼석했는데, 서울에서 새벽 배송으로 받는 빵보다 훨씬 맛이 없었다.

속도가 느리긴 했지만 민영이 와이파이를 연결해주었으므로 승아는 이제 할일이 전혀 없진 않았다. 그녀는 그토록 떠나고 싶었던 곳의 뉴스와 친구들의 SNS를 몇 시간 동안이나 들여다보면서 날이 밝기를 기다렸다. 그리고 민영이 침대에서 몸을 일으킨 일요일 정오 무렵에는 또다시 깊이 잠들어 있었다. 이번에도 민영은 승아를 깨우지 않았다.

월요일

출근 준비를 하며 민영은 승아에게 열쇠 두 개를 주었다. 하나는 일층 현관문, 다른 하나는 집 열쇠였다. "관리인 할머니가 손님 오는 걸 싫어해. 현관 쓰레기통 옆에 소파 봤지? 거기 앉아서 드나드는 사람 다 감시하거든. 혹시 서블릿을 줬나 의심하는 거야." 승아의 얼굴이 불안해졌다. "갑자기 문 따고 들어와보는 거 아냐?" 민영이 고개를 저었다. "세입자한테 미리 연락 안 하고 들어오면 불법이야."

승아는 민영이 냉장고에서 식빵 두 장을 꺼내 한 장에 땅콩잼을 두껍게 발라 포갠 뒤 누런 종이봉투에 담는 모습을 가만히 바라보았다. 텀블러에 커피를 따라서 함께 숄더백에 넣는 걸 보니 도시락인 모양이었다. 승아의 머릿속에 점심시간마다 메뉴를 바꿀 수 있는 회사 근처의 맛집들이 스쳐갔다. 이곳의 점심시간이 짧다고 듣긴 했지만 땅콩잼만 바른 식빵이라니.

"아침은 먹었어?" 승아의 물음에 민영이 무표정한 얼굴로 대꾸했다. "원래 안 먹어. 저기 커피 내려놨고, 봉투에 베이글도 남았어." 승아는 현관까지 민영을 따라 나갔다. 신발장에서 굽이 낮은 단화를 꺼내 신던 민영은 승아의 배웅이 어색한 듯 뒤를 돌아보았다. "오늘 어디로 나가볼 거니?" "글쎄. 너 집에 오면 몇시쯤 돼?" "난 좀 늦을 것 같아." "응, 알았어." 승아는 고개를 끄덕이고는 애써 무덤덤한 표정으로 벽에 걸린 자전거의 프레임을 만졌다. "오늘은 자전거로 출근 안 해?" "안 해." 민영의 대답은 짧고 빨랐다.

민영이 나간 뒤 승아는 무력한 기분으로 식탁 앞에 서있었다. 이곳에 온 지 사흘째인데 아무것도 한 게 없었다. 어제 하루는 어디로 사라진 걸까. 승아가 어제 오후 늦게 눈을 떴을 때 민영은 식탁에 앉아 커피잔을 옆에 두고 랩톱 모니터를 바라보고 있었다. 비몽사몽 욕실에 다녀오니 민영은 손지갑과 커다란 자루를 양손에 든 채 현관에서 슬리퍼를 신는 중이었다. 당장 다음날부터 깨끗한 팬티를 입기 위해서는 귀찮아도 빠뜨릴 수 없는 일요일의 일과라며 코인 론드리에 간다고 했다. 돌아오는 길에는 동네 명물이라는 도넛을 포장해왔다. 승아의 입맛에 조금 달았지만 따뜻해서 그런대로 맛이 있었다.

그리고 또 뭘 했더라. 몹시 더운 날이었고, 전자레인지 크기의 에어컨은 방에만 있었고, 그 방에서 유일하게 승아의 자리라고 할 수 있는 바닥의 담요 위에 엎드려 인터넷에 접속했다. 그사이 민영은 몇 번인가 집밖을 들락날락했는데 그때마다 핸드폰을 들어 보이며 통화를 하고 오겠다고 말했다. 승아는 영어로 하는 대화는 어차피 못 알아듣는다고 말하려다 그만두었다. 민영이 나갔다 올 때마다 담배 냄새가 났기 때문이었다. 그것이 일요일에 대한 기억의 전부였다. 시간조차 승아를 제쳐놓고 혼자 앞으로 달려나가는 것 같았다.

승아는 소파에 가서 앉았다. 핸드폰에 구글 지도 앱을 다운받아놓았고 민영에게서 지하철 타는 법도 들었다. 그러나 낯선 도시를 혼자 돌아다니는 일은 여전히 망설여졌다. 지하철을 타든 가게에 들어가든 일상적인 시스템 하나하나가 한국과 달랐고 그걸 따르려면 다른 언어를 사용하는 낯선 사람들의 눈치를 봐야 했다. 호의를 구하는 것은 승아가 열심히 해왔지만 동시에 가장 두려워하는 일이었다.

뭔가 내키지 않거나 어려운 결정을 해야 할 때의 습관대로 승아는 눈앞에 있는 사물을 물끄러미 바라보았다. 그리고 책장에 책이 아닌, 두 쪽짜리 사진 액자 하나가 접힌 채로 꽂혀 있는 걸 발견했다. 그녀는 곧바로 몸을 일으켜 그것을 책꽂이에서 빼냈다.

액자 한쪽에 든 것은 한국에서 찍은 듯한 네 칸짜리 스티커 사진들이었다. 재작년 서촌에서 승아와 함께 찍은 것도 있었다. 엄마와 찍은 사진도 있었는데 친밀한 모녀답게 마치 자매처럼 보였다. 다른 가족의 사진은 없었다. 민영이 대학원을 졸업하던 그해에 부모가 이혼한 것은 승아도 알고 있었다. 승아는 액자의 다른 쪽을 보았다.

하이킹 복장을 한 네 명의 남녀가 자전거와 숲을 배경으로 찍은 사진이었다. 민영을 빼고는 모두 백인이었다. 승아는 사진 속 민영의 얼굴을 한참 동안 바라보았다. 승아의 눈에 익은 명쾌하고 자신만만한 민영의 웃음. 그리고 어깨동무를 하고 있는 옆의 남자와는 남자친구로 보일 만큼 얼굴이 가까웠다.

민영의 목요일

민영은 지난 목요일에 그리니치빌리지에서 마이크를 만났다. 보통은 금요일에 약속을 잡았지만 민영이 토요일에 공항으로 승아를 마중나가야 했기 때문이었다. 마이크도 다음주 출장 준비로 토요일에도 출근을 한다고 했다.

마이크는 미드타운에 위치한 회사에 다녔고 애스토리아의 원 베드룸 아파트에 혼자 살았다. 민영이 집을 구한다고 하자 자기가 사는 동네를 추천했을 뿐 아니라 가깝다는 이유로 집을 보러 갈 때마다 따라가주었다. 새집의 페인트칠도 함께했다. 이사를 도운 것은 물론이고 가구 배치에서부터 커튼을 달고 액자를 걸고 전구를 새로 끼우는 것까지 이 집 구석구석 그의 손길이 닿지 않은 곳이 거의 없었다.

그는 또 민영의 자전거를 분해해서 안장과 스템과 프레임, 휠과 체인까지 전용 클리너를 뿌려 꼼꼼히 닦은 다음 벽의 랙에 걸었다. 랙의 방향을 바꿔가며 몇 번이나 나사를 풀었다 조였다 반복하더니 자전거가 단단히 걸린 걸 확인하고 비로소 안심이라는 듯 민영을 향해 엄지손가락을 쳐들어 보이는 그의 표정은 더이상 학회 세미나에서 알게 돼 이따금 안부를 전하던 동료의 것만은 아니었다.

에어컨 설치를 도와주기 위해 주말에 다시 들렀을 때 그는 새로 들여놓은 민영의 침대를 보고 여기 누워보고 싶지 않은 사람은 전 세계에 한 명도 없을 거라고 농담을 던졌다. 앞으로는 악몽도 꾸지 않을 테니 자기가 선물한 드림캐처도 필요 없겠다고 말하면서 민영의 어깨를 다정하게 토닥이기도 했다.

그날 마이크는 다른 하이킹 친구들과 함께 왔고 그들

이 이사 기념으로 사온 와인 두 병을 비우는 동안 마치 집주인이나 되는 듯이 카프레제 샐러드를 만들고 서빙을 도맡았다. 친구들이 돌아간 뒤에는 민영과 함께 주방 정리를 마치고 냉장고에 남아 있는 맥주를 비웠다. 커피까지 내려 마시고는 공구 박스를 든 채 밤길을 여섯 블록이나 걸어서 집으로 돌아갔다.

민영이 자전거를 타기 시작한 것도 마이크가 권해서였다. 민영은 운동부족이라 그런지 변비가 심하다고 무심코 말해놓고 자기들이 그 정도의 TMI까지 털어놓을 사이는 아닌 것 같아 후회했지만 오히려 마이크는 그 주 주말에 자신이 아는 자전거 가게로 민영을 데려갔다. 신중하게 여러 모델을 살펴보며 선택을 도와주었고 민영의 집까지 가는 첫 주행에 자신도 자전거로 함께 달려주었다. 가는 도중에 사람이 많지 않은 공원에 들러 고등학생 때 이후 자전거를 타보지 않은 민영의 운동신경을 점검하고 또 격려하는 것도 잊지 않았다.

그로부터 얼마 지나지 않아 민영은 마이크의 친구들과 어울려 주말 하이킹을 다니기 시작했다. 그때부터 둘은 본격적으로 가까워졌다. 민영이 끼어들기 전까지 남자

둘 여자 둘이었던 그 그룹은 남자 둘에 여자 셋이 되었다. 그들은 모두 직장인이었다. 주말 하이킹 외에도 이따금 주중에 맨해튼의 식당이나 바에 모여 술잔을 기울였는데 언제부터인가 여자 한 사람이 나오지 않아서 다시 멤버는 남자 둘 여자 둘이 되었다. 그러다가 민영과 마이크를 뺀 남녀가 사귀기 시작했다. 그 둘이 유난히 스킨십을 즐겼으므로 넷이 함께 모이면 그들은 누가 보기에도 사이좋은 두 이성 커플처럼 보였다. 다른 커플이 종종 따로 데이트를 하면서 자연스레 민영과 마이크도 둘만 만나 밥을 먹고 술을 마시는 경우가 생겨났다.

그렇지만 마이크는 민영의 남자친구는 아니었다. 주말을 함께 보내는 때가 많고 생일에 꽃과 와인을 선물하고 레스토랑 위크에 점찍어둔 식당을 예약해 함께 가고 새로 무대에 오른 뮤지컬을 나란히 앉아 보지만 남자친구는 아니었다. 어째서일까. 민영도 알고 싶었다.

그것을 빼고는 민영은 마이크에 대해 많은 것을 안다고 생각했다. 민영은 마이크가 워싱턴주립대를 졸업한 뒤 이 도시로 왔으며 지금 직장에 정착하기 전에 다른 두 군데 회사에서 인턴을 거쳤고 아버지가 공무원이고 어머니는 항공사에서 일하며 로펌 변호사인 형과 아직 대학생인 여동생이 있다는 걸 알았다. 어릴 때 치아 교정을 했고 장난이 심해 다리가 두 번이나 부러졌으며 대학 신입생 때 기숙사에서 첫 대마초를 피웠다는 것도 알았다. 개를 좋아해서 동물 구조대 봉사를 한 적이 있고 교환학생으로 스페인에 다녀온 덕에 세비체와 가스파초를 잘 만들고 시애틀 출신답게 언덕 주차를 잘하지만 대도시에서의 운전은 좋아하지 않는다는 것, 그리고 헤어진 여자친구와의 기억 때문에 스모개스버그 마켓을 싫어하고 브루클린 식물원과 하이라인공원에 데이트의 추억이 있다는 것까지. 식성과 알레르기, 옷 치수와 신발 사이즈, 다음주의 출장 행선지까지 알았다. 또한 마이크는 민영이 일러주기 전에 언제나 현관에서 신발을 벗었고 김치와 냉면을 좋아하고 건강 간식으로 김을 즐겨 먹었다. 그만하면 민영은 마이크에 대해 잘 안다고 할 수 있었다. 그러나 그것은 지난 목요일까지의 생각이었다.

목요일 만남은 민영과 마이크 둘만의 약속이 아니었다. 전에 하이킹 모임에서 빠졌던 여자도 온다는 건 그날 오후 마이크의 문자로 알게 되었다. 마이크는 그 여자와 함께 바에 들어왔다. 그날 마이크는 술을 한 잔밖에 마시지 않았다. 자전거를 타고 왔기 때문이기도 했지만 감기기운도 좀 있다고 했다. 민영은 느린 속도로 석 잔을 마셨다. 민영 역시 자전거를 타고 왔고 그 집의 술값이 싸지 않았기 때문이었다. 언제나처럼 더치페이였으므로 민영은 머릿속으로 자신이 마신 술값을 합산해가며 술을 주문했다.

여자는 좀 과하게 마시는 듯했다. 그녀는 종잡을 수 없는 태도로 민영을 대했다. 특히나 같은 사무실에서 근무하는 한국인 여성에 대해 지나치게 오래 얘기했다. 자신이 잘못해서 일을 망쳐놓고는 어린애 같은 표정을 지으며 어떡하지 어떡하지 하면서 남의 도움으로 해결하려드는가 하면 힘들거나 곤란한 일이 생길 때마다 입으로만 미안해 미안해 할 뿐 결국은 다른 사람에게 미루고 빠져버린다는 거였다. 여자는 같은 말을 두 번씩 반복하는 그 여성의 말버릇을 과장되게 흉내내 보였다. 그런 다음에는 민영이 다른 한국인 여성들과는 다르게 독립적이고 책임감이 강하다고 칭찬하는 식이었다.

술이 들어갈수록 여자는 점점 속마음을 드러냈다. 제

3세계의 온갖 사람들이 몰려드는 뉴욕은 더이상 미국이 아니라거나 자신의 출신지인 아이오와 같은 중부만이 진정한 미국 문화의 순혈성을 지키고 있다고 떠들어댔다.

민영은 반박해주기를 바라는 마음으로 마이크 쪽을 흘끗 바라보았다. 민영의 경험상 이런 경우에 분위기가 깨지지 않으려면 본인이 나서기보다 제삼자가 편견을 지적해주는 게 옳았다. 하지만 그는 한 손으로 턱을 괸 채 여자의 말에 귀를 기울일 뿐이었다. 그러는 동안 여자는 한 잔을 더 마셨고 점점 무리한 주장을 펼치기 시작했다. 그중에는 고양이가 개보다 더 산책을 좋아한다는 억지 주장도 있었다. 마이크의 출장 기간 동안 민영이 그의 아파트에 들러 고양이를 돌봐주기로 했다는 말을 들은 다음부터였다. 여자는 전에 자기가 키우던 고양이가 목줄을 하고 매일같이 센트럴파크를 몇 바퀴씩 돌곤 했다며 이번에도 성급한 일반화를 했다. 고양이는 반드시 산책을 시켜줘야 하며 풀어놓는다 해도 스스로 집을 찾아올 수 있도록 DNA에 프로그래밍돼 있다고 계속 우겼다. 여자가 왜 그런 말을 하는지 민영은 도무지 짐작이 가지 않았다.

술자리는 다른 날보다 일찍 파했다. 마이크가 점점 열이 오른다며 더이상 앉아 있기 힘들다고 말했기 때문이었다. "왜 이러지? 목도 좀 붓는 느낌이야." 민영이 근심스러운 표정으로 물었다. "혹시 알레르기 아냐? 오늘 뭐 먹었는데?" 또다시 여자가 나서서 민영의 말을 가로막으며 자기주장을 폈다. 자신이 위생학 수업을 들어서 잘 아는데 발진이 나타나지 않으면 절대로 알레르기가 아니라는 거였다. 마이크는 민영과 여자를 번갈아 바라보다가 알레르기 약을 먹든 휴식을 취하든 일단 집에 가야겠다며 자리에서 일어났다.

자전거는 술집에서 조금 떨어진 이면도로 거치대에 매여 있었다. 민영이 만류했다. "이 상태로 자전거를 탄다고? 어두운데 다리도 건너야 하고, 가다가 목이 더 부어서 기도라도 막히면 어쩌려고 그래. 그러지 말고 나랑 같이 택시를 타자." 곧바로 여자가 끼어들었다. "자전거를 이런 데 두고 간다는 거야? 여기는 이민자와 도둑들의 도시야. 몰라?"

대학 시절 자전거를 도서관 앞에 묶어두었다가 도둑맞은 경험이 있는 마이크는 여자와 같은 의견이었다. 그는 다음날 자전거를 찾으러 다시 이곳에 올 시간도 없다며 그냥 타고 가겠다고 우겼다. 그러나 벌겋게 부어오른 마이크의 얼굴에서 눈을 뗄 수 없었던 민영에게 그것은 너무 위험한 결정 같았다.

평소와 달리 민영이 쉽게 의견을 굽히지 않자 결국 마이크는 지하철을 타기로 마음을 바꿨다. 민영도 함께 지하철로 가고 싶었다. 그러나 또다시 여자와 실랑이를 벌일 걸 생각하니 한 가지 양보를 얻어낸 것만으로도 충분히 피곤하다는 느낌이 들었으므로 자신은 자전거로 집에 돌아왔다. 여기까지가 마이크가 목요일에 혼자만 자전거를 잃어버리게 된 경위였다. 금요일 퇴근 뒤에 가봤을 때 마이크가 본 것은 텅 빈 자전거 거치대, 그리고 바닥에 떨어져 있는 끊어진 자물쇠 와이어뿐이었다.

마이크가 전화로 그 소식을 알려왔을 때 민영은 일찍 퇴근해 있었다. 민영에게도 그 소식은 마이크가 느끼는 것 못지않은 충격과 손실로 다가왔다. 내가 지금 거기로 나갈게, 라는 민영의 어조는 당황스럽고 다급했다. 그러나 뜻밖에도 마이크는 그럴 필요 없다고 차갑게 대꾸하는 것이었다. 분명 화가 난 목소리였다. 마이크가 그런 식으로 말하는 것은 처음이어서 금방 알 수 있었다. "왜?
내가 뭘 잘못한 거야?" 자신에게 화낼 일은 아니라고 생
각했기 때문에 민영은 어쩔 수 없이 따지는 듯한 말투가
되었다. "아니." 마이크는 그렇게만 대꾸했다.

평소의 마이크라면 혹시라도 민영이 미안해할까봐 먼
저 그 점을 강조했을 것이다. 안 좋은 일을 당했지만 네
잘못은 전혀 없다고. 이 일은 사고였다. 민영은 그 사건
어디에 자신의 잘못이 있는지 알아낼 수 없었다. 다시
똑같은 상황이 벌어진다 해도 그녀의 판단은 다르지 않
을 것이었다. 다음날 마이크가 알레르기가 맞는 것 같다
며, 약을 먹었더니 열이 가라앉았다고 전화로 알려준 것
만 봐도 그 판단에 오류는 없었다. 그런데도 마이크가 화
를 낸다는 사실이 믿기지 않았다. 지하철을 타고 급히 집
에 간 덕분에 컨디션을 회복한 것은 맞지만 그와 별개로
자전거를 놓고 간 일 또한 민영의 판단이었으니 분실에
책임이 있다는 걸까. 그처럼 함께 겪은 일을 입장에 따라
다른 사안으로 분리해서 손익을 따지고 책임 소재를 묻
는 것은 대체 어떤 사회적 맥락과 가치 구조에서 비롯된
사고방식일까. 분명 민영이 알고 있는 사고 체계는 아니

었다.

"바이." 잠깐의 침묵 뒤에 마이크가 먼저 말했고 민영도 마지못해 대꾸했다. "바이." 전화가 끊어지자 민영은 갑자기 캄캄한 벽이 눈앞을 가로막는 기분이었다. 조금씩 뒷걸음질치던 마이크가 그 벽 뒤의 자기가 속한 세계로 퇴장해버린 느낌마저 들었다. 그동안 내가 마이크에 대해 안다고 생각했던 것은 무엇이었을까. 그 또한 마이크와는 다른 나의 사고 체계 안에서의 자의적인 해석이었을까. 민영은 하루종일 자신과 마이크를 가르는 사고방식의 차이를 생각했고 한편으로 마이크가 다시 전화를 걸어오리라는 기대를 밤늦게까지도 포기하지 않았다. 연락은 끝내 없었다.

민영은 어릴 때부터 나쁜 꿈을 많이 꾸었다. 주로 낭떠러지 같은 데에서 떨어지는 꿈이었다. 엄마는 크는 과정이라며 꿈속에서 낭떠러지에 닿으면 떨어지기 전에 먼저 날개를 펴는 상상을 하라고 말해주었다. 한 번도 성공한 적은 없었지만 떨어지지 않을 방법이 있다는 것만으로도 두려움이 약간은 덜어졌다. 한동안 꾸지 않던 악몽을 다시 꾸기 시작한 것은 대학원 졸업을 앞두고 수십 장의 이력서를 쓸 무렵부터였다. 길을 잃거나 쫓기거나 시험장에 끌려가는 꿈이라면 차라리 나았다. 얼굴이 보이지 않는 남자가 침대로 다가와 몸을 굽혀서 민영을 내려다본다든가 엘리베이터 안에서 모르는 남자가 몸을 밀착시켜 오는데 온몸이 묶인 듯 꼼짝도 할 수 없는 꿈들이었다.

규칙적인 직장생활을 하게 되고 특히나 자전거를 타면서부터는 거의 악몽을 꾸지 않았다. 하지만 그날 밤은 잠이 들었다가는 분명히 악몽이 찾아올 것 같았다. 잠을 이루지 못하는 대신 생각이 꼬리를 물었다.

자전거의 가격이나 사양, 무엇보다 마이크가 거기에 들인 정성에 대해서는 민영이 누구보다 잘 알았다. 마이크는 무엇이든 원하는 걸 갖기까지 신중하고 가진 다음부터는 소중히 관리하는 사람이었다. 그의 상실감은 짐작하고도 남았다. 하지만 자신의 부정적인 감정을 처리해야 할 때 편하다는 이유로 가까운 사람에게 그것을 전가하는 건 안이하고 옹졸한 태도였다. 민영은 또 생각했다. 나라면 어땠을까. 그러고 보니 자신은 그다지 아끼는 물건도 없었고 뭔가를 소중히 해본 기억도 나지 않았다. 가장 비슷한 경험이라면 몇 달 전 핸드폰 사건 정도일 것이다.

지하철 안에서였다. 민영은 출입문 가까운 자리에 앉았고 그 남자는 민영의 앞에 손잡이를 잡고 서 있었다. 민영이 오 년 만에 바꾼 신형 핸드폰의 기능을 시험해보느라 정신이 팔려 있을 때 지하철이 정차하고 문이 열렸다. 그 순간 남자가 민영의 손에서 핸드폰을 낚아채 밖으로 내달렸다. 민영은 반사적으로 일어나 닫히려는 문을 향해 몸을 던졌고 가까스로 문을 통과해서 남자를 뒤쫓아갔다. 민영의 추적은 필사적이었다. 그에 비하면 남자의 도주는 얼마쯤 장난기가 섞인 충동적인 시도였을 것이다. 지하철을 기다리던 주변 사람들의 시선이 일제히 그들이 벌이는 추격전에 모아졌다. 마침내 남자는 가쁜 숨을 내쉬며 걸음을 멈출 수밖에 없었다.

민영에게 핸드폰을 돌려주면서 남자는 자신이 가난하고 불쌍한 사람이라고 호소했다. 평생 가져보지 못할 그 물건이 너무 탐나서 순간 그릇된 충동이 일었다며, 자기 잘못이 아니라 이 나라가 너무 불공평한 탓이라는 거였다. 민영은 온몸이 땀으로 젖은 채 여전히 숨을 헐떡이며 그 남자에게 잘 가라고 말했다. 그것은 민영 쪽의 충동이라고 할 수 있었다. 그 이야기를 주변에 전하면서 민영은 그러나 그 충동이 코트 주머니에서 지갑을 꺼내 자신이 갖고 있던 현금 모두를 남자에게 건네주는 데까지였다는 건 차마 말할 수 없었다.

그 얘기를 들은 마이크는 민영에게 대뜸 이렇게 물었다. "그 남자 흑인이었어?" 민영이 끝내 대답을 피했던 것은 마이크로 하여금 자신이 겪은 일을 의도적인 통계에 포함시켜 편견을 강화하게 하고 싶지 않아서였다. 더 솔직히 말한다면 마이크의 편견이 드러나기 시작하면 그가 그 밖에 어떤 편견을 갖고 있을지 따져보게 될 테고 그 결과가 민영이 원하는 방향이 아닐까봐 불안했다. "말 안 하는 거 보니 흑인 맞네." "그건 이 일과 상관없잖아, 누구라도 그럴 수 있는 거니까." 민영은 그쯤에서 이야기를 끝맺고 싶었으므로 포괄적으로 결론을 내렸다.

마이크는 동의의 뜻으로 고개를 끄덕였지만 한번 더 주의를 주는 건 잊지 않았다. "어쨌든 다시는 뒤쫓아가지 마. 너무 위험한 짓이었어. 다음번엔 총 가진 놈일 수도 있다구." 그러고는 싱긋 웃었다. "근데, 넌 그런 놈을 방어해주기 위해서 나를 차별주의자 취급하는 거야?" 마이

크의 여유로운 웃음을 보는 순간 민영은 그 소매치기에
게 돈을 모두 털어 주었던 충동의 정체가 무엇인지 알 것
같았다.

민영의 토요일

불면의 밤을 보내고 무거운 몸을 일으킨 민영은 진공
청소기를 한 번 돌린 다음 공항으로 향했다. 민영은 당연
히 승아를 환영했다. 친밀하게 지내다가도 어느 순간 갑
자기 정체를 알 수 없게 되어버리는 관계가 호의라는 몇
개의 나무로 기둥을 세운 가건물이라면 성장기를 함께
보낸 친구와의 관계는 돌과 모래와 물, 거기에 몇 가지
불순물까지 더해서 오래 굳힌 시멘트 집일 것이다.

그러나 지금은 환영은 해도 환대는 할 수 없는 상황이
었다. 자기 나름의 목적을 갖고 떠나온 친구에게 자신의
문제를 들이대며 징징거리기는 싫었다. 그리고 민영이
아는 승아는 상냥함이 지나쳐 남의 일에 관심도 과한 편
이었고 글을 잘 쓰는 만큼 제멋대로 맥락을 만드는 데도

소질이 있었다. 반면 민영은 자신에게조차 혼란스러운 일을 타인과 공유할 만큼 개방적인 성격이 아니었다.

민영은 먼발치에서부터 그녀를 알아보았다. 긴 비행으로 지쳐 보이긴 했지만 등뒤에서 목베개를 달랑거리며 검은 선글라스 너머로 쉴새없이 주변을 둘러보는 모습. 민영을 발견한 다음에는 가까이 다가갈 때까지 계속 위아래로 차림새를 훑어보는 게 느껴졌다. 승아의 눈에 지금 나의 모습은 어떻게 비칠까. 그것은 공항으로 엄마를 마중나올 때마다 느꼈던 기분이기도 했다. 초라하거나 위축돼 보이지 않을까 늘 긴장을 했었다. 그러고 보니 엄마를 빼고 이 도시로 민영을 만나러 온 사람은 승아가 처음이었다.

집까지 오는 동안 거리 풍경을 둘러보느라 한눈을 팔던 승아는 도착한 뒤에도 집안 구석구석을 살펴보며 논평을 붙였다. 주방이 시원해 보인다든지 책장이 반대쪽에 있는 게 좋지 않을까라든지 텔레비전이 있다면 저 자리에 놓아야 할 것 같다든지. 좁은 방에 어울리지 않는 퀸 사이즈 침대를 유심히 바라보는 건 당연한 일이었다. 어쩔 수 없이 민영은 타인의 시선으로 자신의 공간을 재

구성하게 되었다. 그리고 자신이 왜 무리를 해가며 마이크가 권하는 대로 이 집을 구했는지를 떠올리자 착잡하고 불편한 마음이 되었다.

잠깐 눈을 붙이고 일어난 민영은 승아가 깨어나기를 기다렸다. 함께 식당에 가기 위해서 옷도 조금 산뜻해 보이는 것으로 갈아입었다. 그러나 승아는 좀처럼 눈을 뜨지 않았다. 나가서 먹을 것을 사오는 편이 나을 것 같았다. 현관문을 잠그고 나오며 민영은 마트의 음식 코너에서 파스타와 샐러드를 포장해오기로 마음먹었다. 승아가 한국 음식을 원할지 모른다는 생각이 잠시 스쳐갔지만 오늘 같은 날씨에 창문 없는 주방에서 조리를 한다는 건 스스로를 찜닭으로 만드는 짓이었다.

마이크에게 문자를 보내야겠다는 생각이 떠오른 것은 마트에 거의 도착해서였다. 손지갑을 확인하기 위해 숄더백을 뒤적이다가 바닥에서 마이크의 아파트 열쇠를 발견했고 고양이를 돌봐달라는 그의 부탁이 아직 유효한지 의문이 들었던 것이다. 지나친 생각이란 건 민영도 알았다. 하지만 확인은 해봐야 하지 않을까. 이미 직장 동료나 또는 하이킹 친구 중 누구에겐가 부탁했다면 원치 않게 마주칠 수도 있으니까. 만약의 경우 열쇠를 돌려줘야 할지도 몰랐다. 억지스러운 핑계 같았지만 민영은 힘들게 스스로를 납득시킨 뒤 마이크에게 문자를 보냈다. '출장 준비는 다 했어?' 답장은 없었다.

민영은 눈앞에 보이는 마트 간판을 그대로 지나쳐서 길 건너 지하철역으로 들어갔다. 그리니치빌리지로 가는 노선의 지하철을 탔다. 딱히 무슨 작정이 있었던 것은 아니었다. 자전거가 묶여 있던 자리를 직접 보거나 아무튼 뭐라도 하지 않으면 견딜 수 없는 기분이었다. 그 자리에 남아 있을 리 없지만 끊어진 와이어 조각이라도 눈으로 봐두어야만 자신 역시 그 사건의 피해자라는 인정을 받을 것만 같았다. 언제나 그랬듯이 그녀는 마이크와 같은 편에 있었고 당연히 피해자였다. 이제 그것은 일종의 승인받아야 할 권리처럼도 생각되었다.

그 권리를 찾기 위해 그녀는 목요일에 갔던 바에 다시 갔고 그리 유쾌하지 않았던 그 밤의 순간들을 복기하듯 똑같은 순서로 술을 석 잔 마셨고 그러는 동안 마이크에게 화가 난 것인지 마이크와 멀어질까봐 두려운 것인지 모호해지는 동시에 완전히 녹초가 되어버렸다. 그리니치

빌리지의 역 근처에서 샀던 베이글과 수프를 끝까지 챙긴 것이 그날 밤 민영이 할 수 있는 최대치의 정상 행동이었다. 아마 승아는 민영에게 그런 어리석음과 흐트러짐이 있다는 걸 이해할 수 없을 것이다.

월요일

　내세울 만한 스펙이 별로 없는 승아는 자기소개서를 쓸 때마다 글솜씨로 곧잘 자신을 포장하곤 했다. 그녀가 내세우는 장점은 주로 성실성과 적응력이었다. 그런데 무언가가 있다고 강조하는 건 원하는 다른 것이 없다는 사실을 감추기 위해서이기 십상이다. 승아가 생각할 때 그것은 도전 정신과 창의력 같은 것이었다. 그녀는 주먹을 불끈 쥐고 할 수 있어!라고 하기보다는 고개를 끄덕이며 할 수 없지, 라고 받아들이는 쪽이었다. 이해심이 많다고는 할 수 없었지만 자기 합리화의 유연함이 있었다. 사실 성실성과 적응력의 조합도 풀어 말하면 주어진 자리에서 최선을 다한다는 뜻일 것이다.

승아는 마음을 정했다. 이 도시에 올 때 자신은 도장 깨기 같은 관광이나 세계 제1도시 체험을 원했던 것이 아니었다. 그럼 무엇을 원했나. 거기에 대해서는 아직 답을 찾지 못했지만 일단 떠나온 것만으로도 첫번째 목적은 이뤘다고 생각하기로 했다. 그렇다면 다음 단계는 이도시 사람처럼 일상을 보내보는 일이 아닐까. 이 동네 사람처럼 그리고 이 집의 주인인 것처럼. 승아의 머릿속에는 그 결정을 격려해주는 제목도 떠올랐다. 낯선 도시에서의 열흘, 현지인처럼 살아보기. 여성 매거진 경력 이년이 헛발질만은 아니었다는 생각이 들자마자 승아는 핸드폰 메모 앱을 켜고 아이템 회의를 준비할 때처럼 머릿속에 떠오르는 항목을 입력했다. 생활공간 파악하기, 마트에서 장보기, 동네 산책, 카페와 식당 체험, 이웃에게 인사.

공간을 제대로 파악할 겸 먼저 집안 청소부터 하기로 했다. 승아는 잠옷을 벗고 자신이 좋아하는 스누피 캐릭터 실내복으로 갈아입었다. 커튼을 활짝 열어젖히는 순간 햇빛이 쏟아져 들어왔다. 그녀는 창문을 열고 서서 그리 신선하다고 할 수 없는 공기를 마음껏 들이마셨다. 책장과 화분과 마티스 액자를 배경으로 셀카도 몇 장 찍었다.

민영의 구식 청소기는 무겁고 소음이 요란했다. 코드 길이가 짧아서 방에서 거실, 주방으로 옮겨갈 때마다 매번 콘센트를 찾아 다시 플러그를 꽂아야 했다. 작년 말 승아가 회사 송년회에서 경품 추첨으로 중국제 로봇 청소기를 받아오기 이전에도 승아네는 무선 청소기를 썼다. 승아의 이마 위에서 땀이 줄줄 흘러내렸다.

욕실 청소도 쉽지 않았다. 누렇게 변색한 욕조의 굵힌 자국은 세제로 여러 번 닦아도 소용없었다. 높은 곳에 고정돼 있는 샤워기의 줄이 빠지지 않았으므로 대야에 따로 물을 받아서 뿌려가며 청소를 해야 했다. 깨진 타일에 하마터면 손을 베일 뻔도 했다. 승아는 욕조 가장자리에 놓인 샴푸와 린스, 보디 클렌저 병도 하나하나 닦았다. 모두 한국 마트에서도 흔히 볼 수 있는 상표의 대용량 제품이었다. 욕실장 안에 있는 보디로션과 비누 역시 싸고 실용적인 것들이었다. 그러고 보니 민영이 출근한 뒤 살펴본 서랍장 위의 화장품들도 마찬가지였다. 가장 기본적인 것만 갖춰져 있었고 모두 마트 제품이었다. 승아에게 그것은 좀 의외였다.

어릴 때부터 민영은 외국 여행이 잦은 아빠와 세련된 엄마의 취향 덕분에 고급 물건들을 갖고 있었다. 민영의 부모는 외동딸에게 가방과 필기구뿐 아니라 립밤과 핸드크림까지 고급 브랜드로 갖춰주었다. 승아로서는 엄마가 남동생의 학원비를 번다며 백화점에서 주부 사원으로 일할 때 용돈을 받으러 갔다가 구경해본 물건들이었다.

지금 승아는 마트 제품을 쓰지 않았다. 샴푸나 화장품은 프랑스 약국 사이트에서 비싸지 않게 직구했고 보디 제품도 친환경 브랜드를 썼다. 상품권이 생기면 백화점에서도 물건을 구입했다. 피부과와 에스테틱에 들락거리는 주변 사람들에 비하면 그다지 유난스러운 것도 아니었다. SNS에 올라온 광고를 보고 에코백이나 양말 같은 걸 자주 사는 승아에게 엄마는 돈 낭비라고 잔소리를 했지만 푼돈을 아껴봤자 절대 목돈이 되지 않는다는 게 승아의 평소 생각이었다.

욕조 위쪽으로 난 작은 유리창을 닦으려던 승아는 창문이 열리지 않는다는 걸 깨달았다. 밖에서 열지 못하도록 창틀에 못을 쳐서 단단히 고정해놓은 것이었다. 다른 것들이 모두 녹슬거나 깨지고 변색된 데 비하면 못은 새로 박은 듯 은색이 선명했다. 누군가가 해준 것일까. 불현듯 그 사진 액자가 떠오르면서 왜 그것이 책장에 숨겨져 있었는지 궁금증이 일었다.

주방 청소를 시작하기 전에 승아는 먼저 싱크대 선반과 서랍을 하나하나 열어보았다. 그릇은 모조리 크기와 재질이 달랐고 냄비나 팬도 코팅이 벗어진 것뿐이었다. 조리 도구도 변변한 것 하나 없었다. 단기 거처에서의 임시방편이었을 그 물건들은 오랜 유학 생활의 흔적일 것이다. 페인트칠을 해서 깔끔해 보였을 뿐 주방은 구석구석 살펴볼수록 한심한 느낌이 들었다. 아무리 오래된 집이라지만 나무문이 달린 싱크대와 놋쇠 손잡이라니. 하나뿐인 주방 등은 너무 어두워서 자칫하면 칼질을 하다 손을 베일 것 같았다.

승아가 부모와 함께 사는 집은 서울 외곽의 새 아파트였다. 디지털 방범 시스템을 갖췄고 모든 전자제품이 리모컨이나 음성 명령으로 조종되었다. 엄마가 특히 마음에 들어하는 주방은 하이글로시 싱크대와 대리석 상판이 기본이었고 빌트인 텔레비전과 아일랜드 식탁이 설치돼 있었다. 레인지는 가스가 아닌 전기 인덕션이었고 물을 틀 때는 발로 페달을 밟았다.

　승아는 학자금 융자를 갚을 때까지만 그 집에서 함께 살 생각이었다. 잔소리와 참견도 지겨웠고 매달 엄마에게 내는 생활비도 부담이 됐다. 독립을 하면 묵은 짐은 다 버리고 북유럽 스타일로 미니멀하게 꾸미고 살고 싶었다. 변두리 지역의 원룸 정도밖에 못 가겠지만 집은 되도록 신축이어야 했다. 민영이 이 집으로 이사하게 된 결정적인 이유가 전에 살던 집에 쥐가 들어와서였다는데 승아로서는 상상도 할 수 없는 일이었다.

　시간이 지나면서 집안은 점점 더 더워졌다. 햇빛이 거실 바닥을 한껏 달궈놓은 바람에 맨발로 밟기가 꺼려질 정도였다. 마지막으로 재활용 쓰레기를 정리하고 있을 때 갑자기 벨소리가 울렸다. 소스라치게 놀란 승아는 얼른 현관 벽에 몸을 붙이고 숨을 죽인 채 바깥의 기척에 귀를 기울였다. 손님이 있는지 확인하러 온 관리인 할머니이거나 아니면 청소 소음에 항의하러 온 아래층 사람일지도 몰랐다. 그러나 한참을 지나도 밖에서는 아무 소리가 나지 않았다. 승아는 조심스레 문을 열어보았다. 이 집에 들어온 이후 승아가 현관문을 여는 것은 처음이었다.

바닥에 떨어져 있는 봉투 하나가 눈에 들어왔다. 창봉투인 걸로 미루어 무슨 고지서 같았다. 그것을 집어든 승아는 마치 낯이라도 익히는 것처럼 복도와 계단 주변을 위아래로 천천히 훑어본 다음 문을 닫았다. 봉투는 식탁 위에 올려놓았다. 그러나 재활용 쓰레기를 버리러 가기 전에 생각을 고쳐 내용물만 꺼내 식탁 위에 놓고 찢어진 봉투는 쓰레깃더미에 합쳐 넣었다.

승아는 망가진 소파에 관리인 할머니가 앉아 있지 않기를 바랐다. 하지만 만약 마주치더라도 이웃답게 인사를 건네야 한다고 여러 번 다짐하며 계단을 내려갔다. 다행히 소파에는 아무도 없었고 보도블록을 달구며 햇살이 하얗게 빛날 뿐이었다.

민영은 일찍 퇴근했다. 만나기로 한 사람에게서 연락이 안 와 일찍 집에 온 것이었다. 승아는 민영을 따라 동네 그리스 식당에 갔다. 여러 식당 중에서 민영이 선택한 데는 정통 방식을 내세우는 곳으로 식당 추천 앱인 옐프에서도 점수가 높다고 했다.

승아는 두꺼운 영어 메뉴판을 펼쳐볼 엄두조차 나지

않았다. 민영이 주문하는 대로 차가운 수프와 꼬치구이, 가지와 양고기를 다져 넣은 무사카, 포도잎으로 싼 돌마에 우조도 한 잔 곁들였다. 음식이 나올 때마다 사진을 찍긴 했지만 가로수길에서 먹어본 그리스 음식보다 낫다는 생각은 들지 않았다. 실내장식도 그쪽이 더 지중해 분위기가 났다.

음식을 날라오는 종업원 남자는 지나치게 말이 많았는데 그때마다 민영은 입꼬리를 올리고 활짝 웃으며 대꾸해주었다. 그러나 그가 자리를 뜨자 다시 평소의 얼굴로 돌아가서는 저 사람도 이 동네에 산다는 걸 보니 건너편 건물 창가에서 담배를 피우는 남자 중 하나일 수도 있다고 작게 말했다.

뒤끝 장난 아니네, 승아는 생각했다. 커튼을 안 쳤다고 자신을 비난하는 게 틀림없었다. 조금 전 집에 들어서자마자 열려 있는 커튼을 신경질적으로 쳐다보는 민영에게 청소를 했다고 변명해야 했던 것이다. 민영은 청소도 달가워하지 않는 기색이었다. 그럴 필요 없는데, 라는 말을 다소 차갑게 내뱉었다. 싱크대 선반을 열고 물컵을 꺼내려다 승아를 돌아보며 또다시 입을 열었다. "정리도 했구

나. 위치가 다 바뀌었네." 그 역시 못마땅한 어조였다.

계산서를 가져온 종업원은 민영과 몇 마디 농담을 주고받은 후에야 카운터 쪽으로 돌아갔다. 승아는 계산서와 민영이 거기에 적어넣는 팁의 액수를 보았다. 소박해 보였지만 가로수길 식당보다 세 배는 비싼 식사였다.

집에 돌아오는 동안 잠시 누그러졌던 승아의 마음이 다시 얼어붙은 것은 식탁 위에 올려놓았던 고지서 때문이었다. 고지서를 발견한 민영은 의아하다는 듯 그것을 집어들었다. "이게 왜 여기 있지. 아래층 우편물이잖아." 불안한 얼굴로 경위를 설명하는 승아에게 민영이 고지서 맨 위에 인쇄된 영문자를 손가락으로 가리켜 보였다. 민영의 이름이 아니었다. 봉투를 버렸다는 말에 민영은 목소리가 조금 높아졌다. "뭐야, 그럼 어떻게 돌려줘. 이거 독촉장이라 집 앞으로 배달된 건데." 승아는 어차피 아무것도 안 적힌 흰색 창봉투였다고 말하려다 그만두었다. 자신은 그냥 현관문 앞에 놓여 있던 봉투를 주워온 것뿐이었다.

그날 밤 민영이 잠든 뒤 승아는 식탁 앞에 앉아 핸드폰으로 항공사 홈페이지에 접속했다. 그런 다음 Q&A 카테고리에 들어가 질문을 입력했다. '탑승 날짜를 앞당기려고 하는데 항공권 변경 가능한가요? 빠른 답변 부탁드립니다.' 내친김에 자주 묻는 질문과 답변 항목에도 들어가보았고 내일과 모레 출발하는 항공편 시간도 검색했다. 그날은 방에 들어가 누운 지 얼마 안 돼 잠이 들었다. 사흘째가 되자 드디어 시차에 적응한 모양이었다.

민영의 화요일

　마이크의 출장은 돌아오는 일요일까지였다. 그는 고양이가 사흘은 혼자 지낼 수 있다며 목요일이나 금요일 중 하루만 들러달라고 부탁했었다. 사료와 물을 새로 주고 화장실을 치우는 간단한 일이었다. 고양이가 숨어서 나오지 않겠지만 정서적 안정을 위해 가능하면 집에 좀 머물러달라는 당부도 있었다. 하이킹 친구들과 그 집에 갔을 때 몇 번 쓰다듬어본 경험이 있었으므로 고양이를 돌보는 일은 어렵지 않을 것 같았다. 마이크의 공간에 혼자 들어가는 것도 어색하지 않았다. 문제는 그래도 되냐는 거였다. 의심스러우면 안 하는 쪽이 자존심을 지키는 민영의 방식이었지만 그러다가 고양이를 오랫동안 방치하게 될까봐 불안했다.

마이크가 돌아오는 날짜를 다시 한번 확인하기 위해 핸드폰 달력을 연 민영은 다음주가 엄마의 생일이라는 걸 깨달았다. 메모를 해놓고도 깜빡했던 것이다. 더이상 집에서 돈을 받지 않게 되면서 정기적으로 연락할 일이 없어진 탓이기도 했다. 엄마를 만난 것도 이 년 전 졸업식 무렵이 마지막이었다.

그때 민영은 취직이 안 되면 석 달 안에 이 나라를 떠나야 했으므로 그토록 힘들게 맞이한 졸업이 기쁘지만은 않았다. 취직에 대한 간절함은 엄마도 민영 못지않았는데 이혼 수속이 끝나면 민영의 뒷바라지는커녕 엄마 자신의 생계도 걱정해야 했기 때문이었다. 그럼에도 공항에 도착한 엄마는 여전히 화사하게 옷을 차려입었고 민영의 졸업 선물로 신형 태블릿 PC를 사주었다. 이혼에 대해서는 한마디도 꺼내지 않았다.

아빠가 동부의 교환교수로 올 무렵 이미 민영의 부모는 사이가 좋지 않았다. 엄마가 아빠의 반대를 무릅쓰고

기어코 이 나라로 따라온 것은 오직 민영 때문이었다. 민영을 사립학교에 유학시킬 형편은 안 되었고 공립학교에 보내려면 아빠의 J-1 비자가 필요했다. 엄마와 민영은 J-2 비자로 들어왔다. 아빠가 이 년 기한을 채우고 돌아갈 때 엄마는 함께 귀국해야 했다. 혼자 남은 민영은 온갖 아르바이트를 해가며 긴 유학 생활을 견뎌냈고 엄마는 민영이 학업을 마칠 때까지 기다렸다가 아빠의 오래된 이혼 요구를 받아들였다.

졸업식 다음날이었던가 엄마와 함께 소호에 나가기로 했다. 닥치는 대로 이력서를 넣고 면접을 보던 시절이라 그날도 오전에 공립 도서관 부근에서 면접 약속이 잡혀 있었다. 민영은 근처 커피숍에서 엄마를 기다리게 하고 면접 장소로 갔다. 면접관은 민영의 성적이며 이력서가 나무랄 데 없고 인터뷰에서도 좋은 점수를 받았지만 외국인 신분 보장을 해주는 일이 회사에 부담이 되니 연락을 기다려보라고 말했다. 탈락이라는 뜻이었다.

천천히 걸어서 커피숍으로 돌아온 민영은 어쩐지 선뜻 안으로 들어갈 마음이 들지 않아 잠시 유리창 너머로 엄마의 모습을 바라보았다. 외국인들 사이에 불안한 표정으로 끼여앉아서 문 쪽을 바라보고 있는 왜소하고 초조한 모습. 엄마가 초라해 보이기는 처음이었다. 조금 뒤에야 민영은 문을 열고 들어갔다. 민영이 다가오는 걸 쳐다보던 엄마는 이마를 살짝 찌푸리며 말했다. "옷이 좀 그렇네. 아침에 다려줄 걸 그랬다." 엄마는 한눈에 면접이 실패라는 걸 알았고 그래서 옷차림을 핑계 대는 거였다.

소호에서는 브런치를 먹고 작은 갤러리들이나 구경할 계획이었다. 그러나 명품 브랜드의 매장 앞을 지나던 엄마는 갑자기 걸음을 멈추었고 진열장에 딱 한 벌 전시돼 있는 여성 정장을 바라보더니 그대로 문을 밀고 들어갔다. 그 안은 소름 끼칠 만큼 서늘하고 조용했고 좋은 냄새를 풍겼다. 거의 마네킹처럼 보이는 여성 판매원이 우아한 미소를 지으며 다가왔다. 그녀의 안내를 받아 엄마는 가죽소파에 앉았고 민영은 엄마가 진열장에서 본 정장을 입어보기 위해 거울이 달린 커다란 탈의실로 들어갔다.

옷은 지나칠 정도로 잘 맞았는데 그것은 판매원과 엄마와 민영 세 사람의 공통된 생각이었다. 가격은 민영이 그날 입고 나온 할인매장 옷의 스무 배가 넘었다. 판매원은 민영과 엄마가 편히 상의할 수 있도록 자리를 비켜주며 물을 마시겠냐고 물었다. 그리고 조금 뒤에 탄산수 두 병과 얼음이 든 유리잔을 메탈 트레이에 받쳐 가져왔다.

민영은 그 옷을 사고 싶은 마음이 전혀 없었다. 그 옷을 입고 면접을 봐도 어차피 취직은 되지 않는다는 걸 엄마도 민영도 알고 있었다. 무엇보다 엄마에게는 그 옷을 사줄 능력이 없었다. 엄마 자신은 탈의실에서조차 입어본 적 없는 옷이었다. 그럼에도 사자고 우기는 이유는 단지 그 옷이 민영의 등뼈를 곧게 세우고 얼굴에 조명을 반사할 것이기 때문이었다. 지금까지 해온 길고 힘들었던 뒷바라지의 정점에서 마지막으로 무리한 안간힘을 써볼 작정이었을 것이다.

하지만 한편으로는 민영이 그 옷을 사지 않겠다고 강력히 말해주기를 바라는 마음 또한 있지 않았을까. 사라고 우기는 자신의 모습을 각인시키는 데까지만 성공해도 그 옷은 어느 정도의 역할을 해내는 셈이었다. 서로가 알면서도 연기를 하고 그 연기에 진심으로 마음이 움직이

는 것. 그런 기만이 필요할 만큼 둘 다 약해져 있었다. 그
들은 끝까지 매뉴얼 친절을 잃지 않는 판매원의 작별 인
사를 뒤로하고 그곳을 나왔다. 씁쓸하고 또 창피하기도
했지만 엄마와 민영 둘 다 후회할 일을 저지르지 않아 안
도하는 마음이 조금 더 컸다.

시간이 지난 뒤에도 민영은 이따금 그 옷을 생각했다.
부드럽고 편안한 감촉과 몸을 감싸는 가벼운 탄력, 윤택
함이 배어나오는 간명한 선. 탈의실 안의 거울 앞에서 민
영은 스스로의 눈에도 사뭇 달라 보이는 거울 속의 자신
을 향해 빙긋 웃음을 던져보았었다. 그런 당당하고 여유
로운 모습이라면 정말로 면접에 합격했을 수도 있지 않
았을까. 그때 자신에게 부족한 점수는 바로 그것이었을
지도 모른다는 생각이 뒤늦게 들었다.

그날 밤 엄마와 함께 식탁에 앉아 와인을 마셨다. 취기
를 빌려 민영은 엄마에게 아무래도 이곳에 자신을 받아
주는 곳은 없을 것 같다고 말했다. 언제나 그랬듯 엄마는
민영이 얼마나 뛰어나고 철든 아이였는지 강조하며 민영
을 격려했다. 순간 민영은 오랫동안 입안에서 맴돌던 말
을 뱉고야 말았다. "엄마, 나 그냥 한국 돌아갈까." 엄마

는 갑자기 침묵했고 손에 잡은 와인 잔을 내려다볼 뿐 끝내 아무 대답도 하지 않았다.

민영은 의미 없이 눈을 깜박이며 한사코 입술을 깨물었다. 허공으로 발을 들어올렸는데 눈앞에는 막막한 어둠뿐이어서 어디에 그 발을 내려놓을지 모르겠다는 심정이었다. 무엇이 자신을 이곳으로 밀어붙이는지 돌아보지 않은 채 안간힘을 쓰며 달려왔다는 사실만이 아프게 마음에 새겨졌다.

그때 민영과 엄마는 둘 다 자기가 일궈놓은 세계로부터 거부당했고 삶이 임시 거처였고 돌아갈 곳은 없었다. 엄마의 삶에는 남아 있는 기회마저 그다지 없었다. 일생을 두고 모두를 준 존재가 도움을 필요로 하는데 더이상 줄 수 있는 게 아무것도 없다는 사실만큼 그녀를 무력하게 만드는 건 없었을 것이다. 그러나 그때의 민영은 엄마의 생각처럼 뛰어난 것도 철이 든 것도 아니었다. 그랬다면 하나뿐인 가족의 생일을 잊어버리는 일 따위는 없었을 것이다.

화요일

민영이 출근한 뒤 승아가 항공사 홈페이지에 접속하
니 밤새 답변이 올라와 있었다. '가능합니다, 고객님. 무
료 상담 전화로 문의하세요.' 승아는 머릿속으로 날짜 계
산을 해보았다. 당장 내일 떠나는 항공편은 없을지도 몰
랐다. 출발은 모레 목요일쯤으로 잡는 편이 확실할 것 같
았다.

그날 승아는 동네 산책을 시도했다. 이틀 뒤에 떠난다
고 생각하니 계획 같은 것도 필요 없어 한결 홀가분했다.
나가기 전에 핸드폰의 지도와 번역기 앱을 시험삼아 작
동시켜보았다. 열쇠와 지갑은 에코백에 넣어 어깨에 멨
고 선글라스도 썼다.

첫날 민영과 걸었던 길을 떠올리며 지하철역까지 가는
데에 성공했다. 그곳에서 조금 더 걸었더니 작은 교회 옆
에 명물 도넛집이 나타났다. 그리고 그 너머 교차로 코너
에 스타벅스가 있었다. 마치 고향 사람이라도 만난 듯 들
뜬 걸음으로 승아는 그곳으로 향했다. 영어 주문이 긴장
은 되었지만 일단 익숙한 메뉴판을 보니 용기가 생겼다.

마침내 휘핑크림이 잔뜩 얹어진 프라푸치노를 무사히 받아든 승아의 머릿속에는 그 성취감을 묘사하는 문장이 연달아 몇 개 떠올랐다. 서울의 스타벅스에 비한다면 놀라울 만큼 한적하고 소박했지만 그곳이 마음에 들었다. 내일 하루도 여기에서 시간을 보내면 될 것 같았다. 구체적인 목표와 갈 곳이 있다는 데에 승아는 안도감을 느꼈다.

민영은 퇴근하는 길에 도넛과 쌍벽을 이룬다는 동네 명물 피자와 콜라를 사왔다. 민영과 함께 그것들을 먹으며 승아는 몇 번이나 한국에 일찍 돌아가겠다는 말을 꺼내려고 했다. 그러나 민영이 계속해서 요즘 한국에서 유행하는 선물 아이템이 뭐냐고 물어왔으므로 적당한 기회가 없었다. 아직 항공사에 상담 전화도 걸어보지 못한 상태였다. 민영은 밤늦도록 식탁에 앉아 인터넷 쇼핑몰을 뒤지는 것 같았다.

승아가 자리에 엎드려 항공사 홈페이지의 Q&A와 항공권 출발 시간을 다시 한번 살펴보고 있는데 민영이 방으로 들어와 말을 건넸다. "나 뭐 하나 부탁해도 돼?" "뭔데?" 승아는 자리에서 일어나 앉았다. 민영은 엄마 생일이 다음주인데 제날짜에 도착하도록 선물을 부치기에는 너무 늦어버렸다고 말문을 열었다. 민영이 주문한 선물을 승아가 한국으로 가져가서 민영의 엄마에게 전해주는 것. 그건 그리 어렵지 않은 일이었다. 그러나 그 물건을 받을 때까지 이곳을 떠날 수 없다는 건 승아의 계획에 차질을 빚었다.

"배달이 언제 오는데?" "비즈니스 데이로 이삼 일이라니까, 금요일쯤 올 거야." "뭐가 그렇게 늦어. 한국은 당일 배송도 많은데." 승아가 투덜거린 진짜 이유를 민영은 알 턱이 없었다. "너 불편하면 그냥 소포로 보내도 돼." 그대로 방을 나가려는 민영을 향해 승아는 생일 선물이라면서 날짜는 지켜야지, 라고 대꾸하고 말았다. 승아의 성실함에는 어떤 종류의 충성심 같은 게 포함돼 있었고 사실은 자신이 뭘 원하는지 정확히 모른다는 게 더 근접한 이유였을 것이다.

민영과 승아의 수요일

승아는 다시 현지인으로 살아보기 모드로 돌아갔다.

그렇다면 마트에 가는 게 순서일 것 같았다. 마트에 들어
서자마자 승아의 얼굴에는 오랜만에 미소가 떠올랐다.
시원하고 쾌적했으며 지금까지 이 도시에서 본 것 중 가
장 친근한 풍경이기도 했던 것이다. 한국의 슈퍼마켓과
비슷한 카테고리와 동선으로 진열된 물건들 앞에서 갑자
기 할일을 찾은 듯 그녀는 거리낌없이 카트를 채우기 시
작했다.

민영의 도시락 샌드위치에 넣을 햄과 치즈를 샀고 생
수와 자몽맛 탄산수를 샀고 사과와 바나나와 초콜릿과
과자도 샀다. 토마토와 양배추, 당근, 브로콜리, 사과를
각기 봉투에 가득 담았는데 변비에 시달리는 민영을 위
해 해독 주스를 만들겠다는 야심찬 계획이 있었기 때문
이었다. 그리고 가격이 너무 싸서 와인도 한 병 사지 않
을 수 없었다. 와인 오프너와 그 옆에 걸려 있던 감자깎
이까지 카트에 넣고 계산대에 줄을 선 뒤에야 승아는 혼
자 들고 가기에 너무 많은 양이라는 걸 깨달았다. 이곳은
배달이 일상인 한국이 아니었다. 양손에 무거운 비닐봉
투 네 개를 나눠 쥐고 땀을 비 오듯 흘리며 두 블록을 걷
고 사층 계단을 올라가는 수밖에 없었다.

그다음부터는 본격적인 주방 일이 시작되었다. 사실 승아는 해독 주스를 만들어본 적이 없었다. 엄마가 만드는 걸 곁눈으로 보았고 주는 대로 마시기만 했을 뿐이다. 게다가 그녀는 일주일분을 한꺼번에 만들어둘 계획이었다. 그 많은 재료들을 몇 번에 나눠서 씻고 전부 깍두기 모양으로 써는 데까지 한 시간이 넘게 걸렸다. 그것들을 익히는 과정은 더욱 힘들었다. 곰솥이 있을 리 없었으므로 작은 냄비로 몇 번이나 끓이고 덜어내고 끓이기를 반복해야 했다.

창문도 에어컨도 없는 주방에서 승아는 스누피 실내복 윗도리를 벗어버리고 브라 차림으로 가스불 앞을 지키고 서 있었다. 인터넷 레시피에 나온 대로 야채 끓인 물과 건더기를 분리해 식혔는데 실내 온도가 너무나 높아서 시간이 오래 걸렸다. 플라스틱통이란 통은 모조리 꺼내서 그것들을 모두 담아놓고 나니 손끝 하나 움직일 기력마저 남아 있지 않았다. 칼이고 도마고 냄비고 다 늘어놓은 채 소파에 쓰러져버렸다.

설핏 잠이 들었던 승아는 문 여는 소리에 눈을 떴다. 민영이었다. 몸을 일으킨 다음 순간 승아는 깜짝 놀랐다.

민영이 발소리를 쿵쿵 내며 다가와서 열려 있던 커튼을 거칠게 닫았던 것이다. 목소리도 약간 날카로웠다. "집이 왜 이렇게 덥니." "해독 주스 좀 만들었어." 민영은 한숨을 내쉬었다. "고마운데, 오늘 같은 날 누가 가스불을 써. 집안이 완전 찜통이네." 민영은 주방에 가서 식탁에 늘어놓은 온갖 종류의 플라스틱통들을 바라보았다. "이렇게 많이 했어? 먹을지 안 먹을지도 모르는데, 물어보지도 않고." 그러고는 승아가 다가와 냉장고 안의 생수를 꺼내주는데도 이 도시의 탭 워터는 믿을 만하다며 굳이 수돗물을 그냥 따라 마셨다.

도대체 쟤는 왜 저러는 걸까. 물을 마시며 민영은 생각했다. 왜 저렇게 한결같이 경계라는 게 없을까. 첫날부터 그랬다. 왜 남의 물건을 함부로 살펴보고 뒤집어놓는 것일까. 마이크가 끝내 연락을 안 하고 출장을 떠나버려 가뜩이나 마음이 상한 민영에게 혹시 미국인 남자친구가 있냐고 묻는 품이 책꽂이에 넣어둔 사진 액자를 꺼내서 본 게 틀림없었다. 오늘 민영은 퇴근길 전철 안에서 몹시 우울했고 승아가 집에 있다면 함께 시원한 맥주라도 한잔하며 기분을 풀자고 스스로를 달래던 참이었다. 그러나 집안으로 들어서는 순간 덮쳐오는 열기, 난장판이 된 주방, 그리고 커튼을 열어놓은 채 브라 차림으로 잠들어 있는 승아의 모습에 자기의 공간이 훼손이라도 당한 기분이 들었고 갑자기 피로가 몰려들었다.

사람은 변하지 않는다. 승아는 천진하다못해 눈치가 없었다. 돈가스냐 떡볶이냐 같은 사소한 일도 쉽게 결정 못해 일일이 민영에게 의지하는 한편으로 고집이 세고 인정 욕구가 강했다. 민영이 유학을 떠날 때 승아는 퉁퉁 부은 눈으로 밤새 쓴 손 편지를 건네주었는데, 미국 친구가 생기면 자신처럼 평범한 소꿉친구 따위는 곧 잊어버릴 거라며 민영이 아니라는 말을 스무 번쯤 반복할 때까지 훌쩍임을 멈추지 않았다. 일주일분의 해독 주스라니. 손 편지처럼 고맙고 감동적이지만 그것을 영원히 간직하라는 말만큼이나 부담스러웠으며 또 궁금하지도 않았다. 친하다고 해서 비슷해질 필요는 없었다. 각자 자기의 자리에서 미소를 보내고 손을 흔들면 되었다. 민영은 그것을 납득시키면서 유지해야 하는 관계들이 피곤했고 적당한 기만으로 덮어두지 못하는 자신 역시 지겨웠다.

도대체 뭐가 문제일까. 승아는 생각했다. 쟤는 어쩌면

저렇게 변함없이 자기 위주일까. 집이 더운 것만 보이고 내가 그 더위 속에서 종일 일한 것은 보이지 않는 모양이지. 자기 집을 청소하고 자기를 위해 주스를 만든 것은 중요하지 않고 자기 방식과 다르다는 점만이 문제인 거지. 고생 좀 했나 싶더니 변한 건 하나도 없네. 그렇게 독립적인 척하면서 부모가 주는 학비로 공부하고 무슨 일이든 친구들보다 높은 점수를 따지 않으면 못 참고. 인스타그램에 올리는 사진도 결국은 자신 있는 답안지 제출과 스펙 과시 같은 거였나. 그 사진이 아니었으면 승아는 이 좁고 낡은 집과 더위에 갇혀 집안일을 하고 있지 않았을 것이다.

그렇게 오랜 시간 민영의 이기심에 상처를 받고도 또 이렇게 당하고 있는 자신의 한결같은 성실성과 적응력에 넌더리가 난 승아는 방으로 들어가서 행어에 걸어놓았던 자신의 옷과 마트에서 사온 초콜릿이며 과자들을 캐리어 안에 쓸어 넣었다.

목요일과 금요일

늦잠을 자고 일어나보니 민영은 이미 출근한 뒤였다. 해독 주스를 마시기 위해 냉장고를 열어본 승아는 민영이 도시락으로 햄치즈샌드위치를 싸갔다는 걸 알았다.

그날은 스타벅스에서 시간을 보냈다. 환기가 잘되지 않는 집이라 더운 공기를 피하려면 자신이 빠져나오는 방법밖에 없었다. 승아는 핸드폰으로 사진을 찍기도 했고 노트를 펴놓고 뭔가를 끄적거려보기도 했다. 그냥 사람들을 관찰하는 일도 흥미로웠다. 외국인들 사이에 앉아 있는 것 역시 조금씩 자연스럽게 느껴졌다. 아무도 신경쓰는 것 같지 않았지만 승아는 자릿값으로 스콘을 하나 더 주문해 점심을 때웠다.

돌아오는 길에는 마트에 들러 구경을 하다가 허브캔디와 캔맥주와 그 옆에 걸려 있는 특이한 모양의 병따개를 샀다. 집에 들락거릴 때마다 신경이 쓰였지만 망가진 소파는 그날도 비어 있었다.

그러나 승아가 누렸던 느긋함은 계단을 올라 현관문에 붙어 있는 스티커를 보는 순간 사라졌다. 스티커에 인쇄된 글자를 대략 살펴보니 우편물을 전달하지 못해 도로 가져가니 우체국에 와서 찾아가라는 내용 같았다. 민영이 주문한 엄마의 선물이 배달되었던 모양이었다. 내일 온다고 하지 않았나. 무엇 하나 예상대로 되지 않는 나라였다.

회사에서 돌아온 민영은 대수롭지 않은 표정으로 물건을 좀 빨리 보낸 모양이라며 우체국에서 찾아오면 된다고 말했다. 물론 승아가 가야 할 것이었다. 한국에서는 대부분 문 앞 배송으로 물건을 받았다. 아니더라도 경비실에서 받아주거나 편의점에 가서 찾아올 수도 있다. "그럼 직장인들은 어떻게 택배를 받니?" "불편하지." 승아의 물음에 민영은 그렇게만 대꾸했다. 더이상 할말이 없었다.

승아가 스타벅스에 갔었다고 하자 민영은 미국 애들이 일껏 해외에 나가서 맥도날드 찾는 거랑 비슷하다고 말했다. 미국 애들은 미국 밖으로 나가는 걸 그리 좋아하지 않고 책도 미국 저자의 책만 읽는다는 말과 함께. 그러고는 근데 한국 사람들은 왜 그렇게 스타벅스를 좋아하는 거지, 라고 중얼거렸다.

다음날 승아는 동네 우체국을 향해 출발했다. 어김없이 햇볕이 뜨겁게 내리쬐는 날씨였다. 버스를 타는 건 자신이 없었으므로 핸드폰 속의 지도를 보면서 삼십 분 넘게 걸어야 했다.

우체국에 번호표 같은 건 없었다. 눈치껏 창구 앞에 줄을 서서 순서를 기다렸다가 미리 외워온 대로 우편물을 찾으러 왔습니다, 라고 말하며 승아는 직원에게 스티커를 내밀었다. 그러나 스티커를 확인한 직원은 계속해서 한 손으로 뭔가 밀어내는 몸짓을 해 보였다. 가라는 뜻일까. 왜 우편물을 주지 않는 걸까. 말은 빨라서 전혀 알아들을 수가 없었다. 승아의 울먹이는 듯한 표정에 마침내 직원이 마뜩잖은 얼굴로 한 단어씩 끊어서 발음해주었고 승아는 귀가 아닌 눈치를 통해서 우편물이 이미 배달 트럭에 실려 나갔다는 걸 알게 되었다.

뛰다시피 해서 헐레벌떡 집으로 돌아온 승아의 눈에 길가에 주차돼 있는 우체국 트럭이 보였다. 유니폼을 입은 배달원이 운전석에 타려 하고 있었다. 전속력으로 달려가보았지만 승아의 도착과 동시에 트럭은 떠나버렸다.

그리고 트럭이 떠난 자리에 망가진 소파가 드러났고 거기에는 민소매 원피스를 입은 뚱뚱한 할머니가 앉아 있었다. 할머니가 뭐라고 부르는 소리를 들은 것 같았지만 승아는 못 들은 척 재빨리 일층 현관문을 열쇠로 열고 들어갔다. 한달음에 사층까지 올라가보니 짐작대로 또다시 문에 스티커가 붙어 있었다. 이번에는 붉은색 펜으로 체크 표시가 된 스티커였다.

승아는 그것을 핸드폰으로 찍어 민영에게 보냈다. 이마에서 흘러내린 땀이 핸드폰 액정으로 뚝뚝 떨어졌다. 곧바로 답장이 도착했다. '내가 지금 우체국에 전화해볼게.' 뭔지 다급하고 책임감을 느낀 나머지 승아는 내일은 우체국 여는 시각에 맞춰 미리 가서 기다리고 있겠다는 문자를 보냈다. 조금 뒤 민영에게서 답 문자가 왔다. 내일은 토요일이었다. 소포는 어차피 월요일에나 찾을 수 있었다. 그리고 그날은 원래 예정된 승아의 출발일이었다.

승아가 냉장고에서 생수를 꺼내 벌컥벌컥 마시고 있는데 핸드폰 액정에 새로운 문자가 떴다. '나 오늘 일찍 퇴근해.' 사실 민영은 매일 저녁 일찍 집에 들어왔다.

금요일

민영이 샤워를 하고 옷을 갈아입는 동안 승아는 텀블러에 커피를 담고 생수병도 하나 챙겼다. 동네 공원일 뿐이지만 민영과의 외출은 처음이었다. 그리스 식당은 바로 집 앞이라서 외출 기분이 나지 않았었다. 걸어가기엔 좀 먼 거리라는데도 승아는 걷는 쪽을 택했다. 저녁 공기가 그런대로 쾌적했고 가는 길에 상가도 구경하고 싶었기 때문이었다.

그들은 동네 빵집에서 저녁으로 먹을 바게트샌드위치를 사갈 생각이었다. "잠깐 들를 데가 있는데 갔다 와도 되지?" 민영이 물었다. "어딘데?" "친구네 집. 고양이 밥을 좀 줘야 돼서." 민영은 승아에게 자기가 그곳에 다녀오는 동안 공원에서 삼십 분 정도만 기다리면 된다고 말했다. "친구가 남자이긴 한데 남자친구는 아니야." 묻지 않은 것까지 설명해주었다.

민영 친구의 집은 공원 바로 옆이었다. 승아는 어두워져가는 공원을 혼자 산책했다. 수풀 사이로 넓은 잔디밭이 펼쳐져 있고 야외무대와 트랙이 보였다. 조금 안쪽으로 들어가자 광대한 하늘 아래 이스트강이 내려다보였다. 이따금 강 건너에서 산들바람이 불어와 수면과 승아의 머리카락에 작은 물결을 만들었다.

강기슭의 벤치에 앉아 승아는 해가 지는 것을 바라보았다. 푸른 하늘에 점점 붉은 구름이 퍼져가면서 청색과 흰색과 붉은빛이 뒤섞여 한순간 천지를 뒤덮었다. 붉은 강물이 켜켜이 결을 드러내며 조용히 흔들렸다. 승아는 강 건너편에 길게 늘어선 고층건물들에 어둠이 드리우는 걸 가만히 바라보았다. 민영의 말대로 아름다운 노을을 보기 좋은 위치였다.

민영은 약속한 시간보다 조금 늦게 돌아왔다. 벤치 옆 자리에 앉는데 급히 왔는지 숨소리가 가빴다. 승아는 생수를 건네준 다음 종이봉투에서 샌드위치를 꺼내 반으로 갈랐다. 둘은 나란히 강 쪽을 바라보며 샌드위치를 먹기 시작했다.

조금 뒤 민영이 갑자기 승아 쪽으로 얼굴을 돌렸다. "내 눈 좀 봐줘." "왜?" "나 사실 고양이 알레르기 있거든. 친구 집에 갈 때마다 약을 먹고 가는데 오늘은 깜빡했어." 승아가 자세히 보니 민영의 눈은 붉게 충혈되어 있었다. "알레르기 있는 거, 친구도 아니?" "아니, 나중에 말하려고 했지." "언제?" "글쎄, 개한테 내가 고양이만큼 중요해졌을 때?" 그 말을 한 뒤 민영은 갑자기 활짝 웃었다. "여기서 오래 혼자 살다보면 그냥 친절한 건지 특별한 감정인지 잘 구별 못하게 돼. 자기들끼리 선을 그어놓고 그 바깥에 있는 사람한테 친절하게 보이려는 사람들이 좀 있거든." 승아가 고개를 끄덕였다. "그건 어디 살든 다 마찬가지 같아." 다음 순간 승아의 얼굴에도 웃음이 떠올랐다. "그럴 때면 말야. 왜 얼마 동안 어디에를 생각해봐. 거기에 대답만 잘하면 문을 통과할 수 있어." 민영은 아무 대꾸도 하지 않은 채 생각에 잠겨 있는 눈치였다. 둘은 묵묵히 강 건너를 바라보며 샌드위치를 우물거렸다.

노을이 사라진 하늘과 강에는 어둠이 깔려 있었다. 강건너편 고층건물들은 마지막 빛에 의지하여 검은색 조형물처럼 변하더니 어둠이 더 깊어지자 점점 화려한 불빛을 드러내기 시작했다. 불빛의 그림자가 강물에 반사돼 마치 어둠을 밀어내듯 더욱 아름다운 풍경을 이루었다. "근데 저기 건너편은 어디니?" 승아가 물었다. "맨해튼. 여기에서 보아야 한눈에 볼 수 있어. 가까이 가면 너무 크니까." 승아는 머릿속으로 이 도시에서 남은 시간을 헤아렸다. 이틀은 더 맨해튼을 볼 수 있었다.

장미의

이름은

장미

검색창에 마마두라고 쳐본다. 맨 먼저 나오는 것은 프랑스 축구 선수 마마두 사코이다. 마마두 니앙은 세네갈 축구 선수, 마마두 엔자이는 세네갈 농구 선수, 마마두 바는 기니 축구 선수. 그런 다음에는 마마두 디아, 마마두 탄자 같은 정치인도 등장한다. 마마두라는 이름 외에 그들의 공통점은 프랑스어를 쓴다는 점이다. 내가 아는 마마두의 나라에서도 프랑스어가 공용어이다. 마마두가 뉴욕에 온 것은 영어를 공부하기 위해서였다. 그해 여름 우리는 맨해튼에 있는 헌터 칼리지의 어학원에서 만났다. 4레벨 A반의 학생 열세 명 가운데 마마두는 유일한 흑인이었고 나는 세 명의 한국인 중 하나였다.

*

　첫 수업에서 학생들은 돌아가며 자기소개를 했다. 나는 서울에서 왔고 단기 연수 프로그램에 참가하고 있는 회사원이라고 말했다. 이 도시에는 여행을 한 번 온 적 있으며 이번이 두번째 방문인데 이 기회에 영어를 공부하며 많은 외국 친구를 사귀고 싶다고 덧붙였다. 적당히 거짓말이 섞인 모범답안이었다. 자기소개에 대비해 전날 밤 노트에 적어서 몇 번이나 연습해본 문장이었다. 요리가 취미가 된 것도 한국에서 가져온 실용 회화 교재에 예문이 있어서였다.

　마마두는 의학을 전공하는 세네갈 대학생이었다. 아버지가 일하는 이 도시에서 여름방학을 지내게 됐다고 짧게 소개를 마쳤다. 한 사람 건너 자리에 앉아 있었으므로 나는 그가 말하는 모습을 자세히 관찰할 수 있었다. 약간 처진 큰 눈에 속눈썹이 무척 길고 가지런했다. 인중에서 이어지는 도톰한 입술의 선이 그린 듯 섬세했으며 피부는 말할 수 없이 검고 깨끗했다. 그리고 무표정했다.

그는 마지막에 이름을 말했는데 그것을 듣자 나는 무심코 '마마두'라고 작게 중얼거렸다. 처음 들어보는 낯선 이름이어서였을 것이다. 그런데 그 순간 그가 고개를 돌려 무표정한 검은 얼굴로 나를 바라보았다. 우리의 눈이 마주친 시간은 길지 않았다. 선생이 마마두의 이름을 불렀기 때문이었다.

중년의 백인 선생은 입꼬리를 올리며 짐짓 장난스러운 표정을 짓더니 지금은 문법 시간이니만큼 마마 두Mama do의 이름은 마마 더즈Mama does가 되어야 한다고 말했다. 헌터 칼리지 어학원의 4레벨은 중하위 클래스였다. 선생의 농담을 알아들은 절반쯤의 학생들은 큰 소리를 내어 웃음으로써 자신들의 리스닝 실력을 표현했다. 모두의 웃는 얼굴이 마마두에게로 향했다. 나는 웃지 않았다. 물론 마마두Mamadou도 웃지 않았다.

계속해서 자기소개가 이어졌다. 콜롬비아에서 온 컴퓨터 공학도도 있었고, 전공은 역사학이지만 패션 디자이너가 꿈이라는 인도네시아 여학생도 있었다. 몽골과는 다른 나라임을 여러 번 강조하는 내몽골 청년, 멕시코 출신의 활달한 사촌 자매, 국가 장학금으로 유학 왔다는 앳된 얼굴의 중국 여학생, 이스트빌리지에서 바텐더 아르바이트를 하고 있는 눈썹 짙은 이탈리아 남학생……

한국 남학생들은 각기 서울과 부산 출신이었다. 둘 다 외국인이 발음하기 까다로운 이름을 갖고 있었다. 민준은 선생이 두 번이나 이름을 되묻자 체념한 듯한 표정으로 자신을 '킴'으로 부르라고 말했다. 반면 성혁은 자리에서 일어나 성큼성큼 앞으로 나가더니 화이트보드에 매직펜으로 자기 이름의 영문 철자를 크게 썼다.

수강생들은 대부분 대학생이거나 젊었다. 치과 간호사였다는 대담하고 세련된 차림새의 일본 여성과 로펌에서 일한다고 소개한 키 큰 폴란드 여성 정도만 삼십대로 보였다. 아무도 나이를 밝히지는 않았지만 다음달에 마흔여섯번째 생일을 맞는 내가 가장 나이가 많은 건 확실했다. 그뿐 아니었다. 가족과 함께 이주했다는 멕시코 자매는 물론이고 학생들 모두가 친척집에 있거나 친구와 함께 방을 얻었거나 하다못해 숙소의 룸메이트라도 있었다. 나는 미주 유학생 카페에 올라온 부동산 정보를 보고 여름 동안 비어 있는 스튜디오를 빌린 처지였고, 이 도시에 아는 사람은 단 한 명도 없었다. 미리 노트에 문장을 적어와서 더듬더듬 자기소개를 하는 사람도 나 혼자뿐이었다.

 "이 자리에 모두 열 개 나라의 사람이 모였군요." 소개가 다 끝나자 선생이 말했다. "아, 세어볼 필요 없어요. 나까지 포함해서니까. 내 고향은 페루예요." 선생은 화이트보드에 Peru라고 쓴 다음 벗어진 이마 위로 몇 가닥 흘러내린 금발을 쓸어넘겼다. "네, 맞아요, 잉카문명. 인디오가 아닌 백인이라 미안합니다. 솔직히, 인류의 히스토리라는 게 다 멍청한 방향으로 조금씩 왜곡돼 있잖아요." 인류의 히스토리라는 대목에서 그는 양손을 가슴께로 올리더니 두번째와 세번째 손가락을 구부려 까닥여 보였다. 다시 또 절반쯤의 학생들이 소리 내어 웃었고 나는 이번에는 그 손동작의 의미를 몰랐기 때문에 웃지 않았다.

 수업이 진행될수록 나는 어울리지 않는 자리에 끼여앉아 있다는 두려움과 맹렬한 후회로 숨이 막혀왔다. 앞으로 펼쳐질 팔 주라는 시간이 끝없이 길고 캄캄한 터널의 아가리처럼 눈앞으로 달려들었다. 나의 히스토리 역시 왜곡돼 있었다. 그리고 점점 더 멍청한 방향으로 어긋나고 있는 게 분명했다. 페루에서의 대학 시절 얘기를 계속하고 있는 선생을 멍하니 바라보며 나는 혼자 머릿속으로 영어 문장을 만들어보고 있었다. *그럼에도 불구하고 나는 나의 왜곡된 히스토리와 함께 나의 시간을 끌고 가야만 한다.*

1교시 수업 시작은 여덟시 십분이었다. 월요일에서 목요일까지 나는 매일 아침 일곱시 이십분에 집을 나와 지하철을 탔다. 59번가에서 갈아탄 뒤 한 정거장을 더 가야 했는데 그 시간대 맨해튼 도심의 지하철은 발 디딜 틈도 없을 만큼 붐볐다. 첫날은 얼떨결에 지하철을 그냥 보내고 말았다. 사흘쯤 지나니 낯모르는 외국 사람들의 겨드랑이 사이에 그럭저럭 몸을 구겨 넣을 수 있게 되었다. 지하철을 벗어나자마자 가장 먼저 하는 일은 학교 앞 푸드 트럭에서 빈속과 머리를 깨워줄 커피를 사는 거였다.

점심 역시 푸드 트럭에 가거나 학생 카페테리아에서 간단히 때웠다. 나에게 그것은 음식을 먹는다기보다 생존을 위한 먹이를 확보하는 일로 여겨졌다. 카페테리아 아르바이트생들은 어학원의 선생들처럼 정확한 발음으로 천천히 말해주지 않았다. 주문 카운터 앞에서 나는 준비된 말은 할 수 있었지만 그쪽에서 뭘 물어오면 반사적으로 귀에서 소리가 멀어졌다. 설령 알아들었다 해도 대답할 문장을 즉시 떠올린 다음 입 밖으로 내기까지 하는 건 나에게 무리한 일이었다. 미지근한 닭튀김 조각이나 짠 수프를 천천히 입에 넣으며 나는 그제서야 조금 전 주문 때 했어야 할 대답을 머릿속으로 여러 번 고치면서 연습해보곤 했다. 약간이라도 자존심을 갖고 살기 위해서는 어쩔 수 없는 노릇이었다.

마마두는 수업시간에 자주 늦었다. 그는 내 옆자리가 비어 있으면 거기 와서 앉았고 아니면 맨 뒷자리에 앉았다. 의도적인지 우연인지는 알 수 없었다. 그의 얼굴은 언제나 무표정했고 내게 건네는 말은 '하이, 수진'과 '바이, 수진'뿐이었기 때문이다. 마마두가 가까이 다가오면 숲의 내음 같기도 하고 도서관의 책 냄새 같기도 한 희미한 향수 냄새가 났으므로 나는 고개를 돌리지 않고도 그라는 걸 알 수 있었다. 숲과 책의 냄새는 그가 즐겨 신는 기다란 회색 스웨이드 로퍼와 함께 등장하곤 했다.

한번은 내가 지하철을 놓치는 바람에 평소보다 늦게

강의실에 도착한 적이 있었다. 문을 열자마자 누군가 내 이름을 불렀다. "하이, 수진." 마마두였다. 그는 아무 말 없이 자신의 옆자리에 올려놓았던 가방을 치웠고 나는 거기로 가서 앉았다.

내가 수강하는 과목은 모두 여섯 개였는데 마마두와는 필수과목 네 개를 함께 들었다. 그중에서도 문법 시간에는 언제나 그와 짝이 되었다. 그 수업은 두 사람이 팀을 이루어 문제를 푼 다음에 선생과 답을 맞춰보는 방식으로 진행되었다. 마마두는 문법을 잘 알았다. 서로의 답이 다를 때 뭔가 설명하려고 시도하는 나와 달리 마마두는 긴 속눈썹에 반쯤 가려진 눈동자로 묵묵히 나를 바라보기만 했고 대부분은 그의 답이 정답이었다.

작문 시간은 문법 시간과 분위기가 사뭇 달랐다. 수업 진행도 느슨하고 농담을 자주 하는 문법 선생과 달리 작문 선생은 원칙적이고 엄격했다. 학생들은 정시에 출석 체크를 한 다음 제각기 빈 강의실이나 도서관, 카페테리아 같은 원하는 장소로 흩어져 선생이 내준 주제로 글을 썼다. 정해진 시간이 되면 강의실로 돌아와 선생에게 제출했고 다음 수업시간에 대부분이 빨간 글씨로 뒤덮인 그 글을 돌려받았다. 그것을 지적받은 대로 고쳐써서 다시 제출해야 마무리가 되었다. 마마두의 작문은 빨간 글씨가 거의 없이 깨끗했고 이름 옆에는 언제나 A라고 적혀 있었다.

나에게 가장 부담스럽고 어려운 과목은 회화였다. 월요일의 회화 시간은 특히 긴장이 되었다. 학생들 모두 한 사람씩 자리에서 일어나 주말에 있었던 일을 발표해야 하기 때문이었다. 누군가는 공연장이나 미술관에 갔고 누군가는 쇼핑을 하거나 친구들과 어울려 공원에서 피크닉을 했다. 남자친구와 함께 바다를 보러 갔는가 하면 친척의 그로서리에서 밤늦게까지 일을 돕기도 했다. 온종일 집에서 컴퓨터 게임만 했다거나 룸메이트가 친구들을 불러와 파티를 벌이는 바람에 카페에 나가 숙제를 해야 했다고 투덜대는 남학생도 있었다. 다들 할말이 있었다.

'주말을 어떻게 보냈니?'는 회화 교재에서도 빠지지 않는 예문이었다. 주말에는 반드시 뭔가를 해야 하는 걸까. 그럭저럭 시간이 혼자 흘러갔을 뿐 아무런 한 일도 할말도 없었던 나는 요리를 했다고 거짓말로 얼버무리곤 했다. 마마두의 말은 언제나 짧고 똑같았다. 나는 아버지와 함께 시간을 보냈다.

마마두는 수업시간에 발표나 질문을 하지 않았다. 어쩌다 선생에게서 질문을 받으면 늘 같은 대답을 했다. 나는 그것에 대해 잘 알지 못한다. 그럴 때마다 나는 마마두의 검고 무표정한 옆얼굴을 바라보며 생각했다. 마마두는 선생이 질문한 것에 대해 모르지 않는다. 마마두가 말하는 '그것'의 뜻은 '영어로 말하는 것'이다. 때로는 마마두가 선생의 질문에 프랑스어로 자연스럽게 대답하는 모습을 상상하기도 했다. 그의 맑고 까만 눈동자에는 다양한 빛과 그늘이 깃들 테고 목소리는 울림이 있으며 나직하고 다정한 음성일 것 같았다.

내가 마마두에 관해 아는 건 그런 것들이었다. 언제나 재킷에다 긴바지를 입으며 희미한 향수 냄새가 나고 문법과 작문 실력이 있지만 말은 거의 하지 않고 또 내가 사온 커피 냄새를 좋아하는 것 같은데도 권하면 늘 고개를 젓는다는 것, 누구와도 어울리지 않으며 수업시간 외에는 도서관, 카페테리아, 휴게실, 지하철역 어디에서도 그의 모습을 볼 수 없다는 것.

마마두는 나에 대해 무엇을 알았을까. 검은색의 짧은

단발머리. 키가 작고 몸집도 왜소하고 눈가 주름이 많은 한국인 수진. 반 친구들이 격 없이 "헤이, 수진!" 하고 이름을 부르면 겸연쩍게 웃으며 돌아보는 수진. 숙제를 꼬박꼬박 해오지만 수업시간에는 선생과 눈이 마주칠세라 내내 고개를 숙이고 있는 수진. 언제나 청바지 위에 무늬 없는 남방셔츠를 입고 무거워 보이는 백팩을 메고 양손으로 그 백팩의 끈을 꼭 쥐고서 터벅터벅 걷는 수진.

이건 알았을까. 수진은 입학 첫날 등록 센터에서 학생증을 만들 때 긴장한 나머지 백팩을 등에 멘 채로 증명사진을 찍었다. 수진은 한국에서 가져온 옷들을 캐리어에서 꺼내지도 않고 동네 SPA 매장에 쌓여 있는 값싸고 표준적인 옷을 사서 입는다. 더욱이 이런 건 알 턱이 없었을 것이다. 수진은 건망증이 있고 잘못된 판단을 한다. 아는 사람들의 시선으로부터 벗어나고 싶은 나머지, 음식을 주문하거나 물건을 살 때가 아니고는 처음 본 사람에게 말을 걸어본 적이 없을 만큼 자신이 사교적이지 못하다는 걸 잊어버린다. 그리고 자신의 소심함과 방어적인 수동성에 신물이 나서 갑자기 어학연수 같은 최악의 결정을 한다.

사실 수진은 자신을 둘러싼 세계뿐 아니라 자신에게서도 도망치고 싶었는지 모른다. 잘못된 장소로 와버렸다는 걸 깨달았다 해도 되돌아 나가서 다른 경로를 찾기에는 두려운 나이, 결코 나아질 리 없는데도 그럭저럭 머물게 되는 계약직 생활, 그리고 그런 사실들을 불현듯 깨닫게 만들었던 깨어지고 부서져서 결국 사라져버린 관계들. 수진은 이곳으로 떠나오며 그녀를 규정하는 나이와 삶의 이력에서 잠시나마 이탈할 수 있으리라 믿었다.

이 도시에서 수진은 그런 것을 표현할 언어가 없다. 무엇보다 타인에게 자신을 납득시킬 필요도 없다. 그러므로 실용 회화 책에서 본 예문을 건성으로 꿰어 맞추며 쉽게 거짓말을 하곤 한다. 외국 친구 따위를 사귀고 싶었을 리 만무하며, 배가 고프다는 생각이 들면 냉동실에서 식빵을 꺼낸 뒤 해동이 되기를 기다리는 동안 그 허기를 잊어버리는 수진에게는 요리야말로 가장 거리가 먼 취미이다.

대신 수진은 수업이 끝난 뒤 혼자서 오래 걷기를 좋아한다. 발길 닿는 대로 방향 없이 걷다보면 센트럴파크를 한 바퀴 돌기도 하고, 무작정 북쪽으로 걸어서 어퍼이스트사이드를 지나 할렘에 이르는 날도 있다. 처음에는 높은 건물을 따라 파크 애비뉴와 5번가 같은 번화한 거리를 걸었다. 그러나 그 규모와 복잡함에 위축되어 반대 방향의 한적한 쪽으로 걷게 되었다. 차차 거리 풍경이 눈에 익었지만 어떤 가게와 카페에도 들어가볼 엄두는 내지 못한다.

해가 기울기 시작하면 수진은 집으로 돌아가기 위해 지하철역을 찾는다. 그리고 밤에는 식탁에 앉아 늦도록 숙제를 한다. 술은 마시지 않으려고 애쓰지만 주말에는 집 앞 슈퍼에서 사온 값싼 와인 두 병을 다 비우고도 쉽게 잠을 이루지 못한다. 하지만 평일 아침 일곱시면 어김없이 울리는 알람 소리에 눈을 뜬다. 수진이 사는 스튜디오는 팔층이고 동남쪽으로 창이 나 있어서 해가 뜨는 것이 잘 보인다. *매일 아침 나의 왜곡된 히스토리는 장밋빛으로 시작한다.* 수진은 침대에 누운 채 이 문장을 영어로 만들어 중얼거려본 적이 있다. 이런 것을 마마두가 결코 알 리 없었다.

마마두를 카페테리아에서 마주친 것은 그렇게 시간을

보낸 지 삼 주쯤 흐른 뒤였다. 점심시간이 지난 시각이었다. 5교시 수업이 없는 날이면 나는 일부러 조금 늦게 카페테리아에 갔다. 붐비지 않는 시간까지 기다렸다가 주문을 하는 쪽이 마음 편했기 때문이었다. 햄버거와 생수병이 담긴 쟁반을 들고 자리를 찾던 나는 구석에 혼자 앉아 있는 마마두를 발견했다.

눈이 마주치자 그는 언제나처럼 무표정한 얼굴로 한 손을 들어 보였다. 나는 그가 앉은 자리로 다가갔다. 그쪽으로 오라는 뜻이 아니고 그냥 인사였을 뿐이었나 하는 생각이 들었을 때는 이미 탁자 위에 쟁반을 내려놓은 뒤였다. 마마두의 앞에는 빈 플라스틱통 한 개와 학생 카페테리아에 전혀 어울리지 않는 고급 리넨 냅킨이 놓여 있었다. 막 식사를 마친 듯했다.

나는 플라스틱통을 가리키며 회화 시간 때 하듯이 그에게 질문을 던졌다. "그것은 일종의 도시락이야?" "응." 마마두는 짧게 대꾸했고 회화 순서에 따라 내가 다시 물었다. "너의 아버지가 그것을 만들었니?" "아니. 메이드가 나를 위해 이것을 메이드했어." 마마두는 과거완료형 문장을 사용했다. 나는 머릿속으로 대답을 생각한 다음

92

천천히 대꾸했다. "그 도시락은 너에게 너무 작아 보인다." "맞아, 내 위장에는 아직 방이 남아 있어." 나는 내 쟁반을 손가락으로 가리켰다. "그럼 너는 왜 나의 햄버거를 공유하지 않니?" "고마워. 하지만 나는 돼지고기는 먹지 않아." 마마두는 이번에는 지속된다는 의미인 현재형으로 말했다. 나는 머리에 떠오르는 대로 회화 책에 있던 표현을 활용했다. "렛 미 게스. 너는 커피도 마시지 않는 게 분명해. 그리고 너는 수업이 끝난 뒤 다른 사람들과 함께하지 않아. 나의 의견에 따르면, 너는 까다로워."

나는 대화가 이어지는 데에 흥분해 있었다. 나의 말투는 한국어로 말할 때의 망설이는 듯한 만연체와 거리가 멀었다. 짧고 분명했다. 복잡하지 않고 사려도 경계심도 우회적인 의도도 없이 오직 직관적인 말뿐이었다. 나는 세 문장을 연달아 말했다. "나는 너에 대해 어떤 것을 알아. 지금은 여름 시간이야. 그러나 너는 언제나 긴바지와 재킷을 입는다." 마마두의 얼굴에 미소가 떠올랐다.

"그것은 추위 때문이야." 한결 부드러워진 표정으로 마마두가 말을 이었다. "우리나라 사람들에게는 이 날씨도 서늘하게 느껴질 수밖에 없어." 마마두는 관용 구문을 사용했다. 그리고 관사를 정확히 넣어가며 다음 문장을 말했다. "나는 아침에 일어나 기도를 한 다음에 후추를 친 투바 커피를 마시곤 해. 그게 내가 너의 커피를 마시지 않는 이유야." "기도?" 내가 반문하자 마마두는 얼굴을 내 쪽으로 조금 기울인 다음 낮고 차분한 목소리로 말했다. "수진, 나는 무슬림이야. 다른 사람들과 어울리지 못하는 건 기도 시간 때문이고. 네 햄버거 속의 돼지고기는 우리에게 금지돼 있어."

내가 다시 물었다. "또 금지된 어떤 다른 것이 있어?" "수진, 너는 그것을 알기를 원하니?" "물론이야." "예를 들면." 마마두는 부드러운 눈빛으로 나를 건너다보았다. "술을 마시거나 거짓말을 해서도 안 돼." "술과 거짓말? 너는 그것을 전혀 시도한 적이 없어?" "응. 술과 거짓말은 나의 것이 아니야." 나는 다른 화제를 찾기 위해 다시 그의 빈 플라스틱통을 가리켰다. "그 도시락에는 무엇이 들어 있었어?" "파스텔과 볶은 땅콩. 파스텔은 생선을 다져서 튀긴 음식이야." 마마두는 미소를 지으며 조금 빠른 속도로 고향의 음식을 설명하기 시작했다.

그날 마마두에 관해 알게 된 것은 더 있었다. 마마두의 아버지는 외교관이었고 그를 지하철역에서 볼 수 없었던 것은 아버지의 차로 통학하기 때문이었다. 트래픽이 심한 날은 지각을 했다. 또 정오에는 기도를 해야 하기 때문에 점심을 늘 늦게 먹었다. 종이 냅킨을 쓰지 않는 것은 메이드가 잘 세탁한 리넨을 챙겨주기 때문만이 아니었다. 마마두는 이 나라의 셀프서비스 시스템에 익숙하지 않아서 사용한 냅킨이나 쟁반을 그대로 자리에 두고 일어나 눈총을 받은 적이 여러 번 있었다. 그는 자신이 모르는 사이 이곳의 사회적 규칙을 어기게 될까봐 조심한다고 말했다. 그의 옷은 대부분 테일러가 만든 것이었다. 규칙과 격식에 따르는 생활을 하고 있다는 건 뜻밖이었지만 마마두의 목소리는 내 예상대로 나직하고 그리고 다정했다.

내가 마마두의 시간에 맞춰 느지막이 점심을 먹을 수 있는 날은 월요일과 수요일 이틀이었다. 우리의 회화 수준으로는 학교생활을 둘러싼 간단한 잡담이 고작이었지만 이제 나는 강의실을 벗어나도 만날 사람이 있었다. 장소를 잘못 찾아든 이방인이나 아무도 반기지 않는 방문

객처럼 긴장하고 위축된 마음에서도 조금쯤 벗어났다. 수업시간에 각자 이해한 내용을 얘기하다보면 내가 선생의 말을 잘못 알아들은 부분도 많았다. 마마두에게는 그런 이야기도 편하게 털어놓을 수 있었다.

사토미의 주말 이야기에는 주로 두 가지가 등장했다. 친구들과 스포츠. 그녀는 친구들과 기차를 타고 디아 비컨으로 가서 자전거 하이킹을 하거나, 페리를 타고 롱아일랜드 비치에 가서 수영을 즐기곤 했다. 코니아일랜드에 다녀온 다음주에 갈색으로 맵시 있게 그을린 사토미는 화려한 프린트의 민소매 블라우스와 쇼트 팬츠 차림으로 강의실에 나타났다.

왜 이 클래스에 끼어 있나 싶을 정도로 모든 과목에서 단연 선두였던 그녀는 상급반 수준의 영어로 해변의 풍경을 묘사했다. 갈매기가 날아다니는 푸른 바다, 아이스크림과 맥주 가게, 핫도그 먹기 대회의 기록이 새겨진 전광판, 신나는 음악이 울려퍼지는 놀이공원, 은빛 모래밭, 뜨거운 태양 아래 잠들었다가 얼굴을 스치는 바람 한줄기에 갑자기 눈을 뜨게 되는 해변에서의 선탠. 제스처를 섞어가며 그 풍경을 전하는 사토미의 활기 넘치는 모습에서 나는 눈을 뗄 수가 없었다. 그곳은 내가 십여 년 전 이 도시에 처음 여행 왔을 때 가본 장소였는데 그때의 기억이 떠오르는 건 정말 오랜만의 일이었던 것이다.

나는 핫도그 먹기 대회에서 일본 여성이 우승한 적이 있다는 문장은 듣지 못했다. 그것은 마마두가 알아들은 문장이었다. 그는 또 사토미의 이야기 중에 아이스크림 가게는 없었고 아이스드 비어라는 표현이 있었다고 정정해주었다. 해안을 따라 이어진 긴 보드워크 또한 내가 놓친 부분이었는데, 마마두는 모래가 아닌 나무 널을 밟는 해변 산책에 흥미를 느끼는 듯했다. 하지만 내가 코니아일랜드에 가보고 싶은지 묻자 어깨를 으쓱해 보였다.

"왜?" 내가 물었다. "너는 바다에 가는 것을 원하지 않아?" "아니, 나는 원하지 않아. 왜냐하면 그 바다가 대서양이기 때문이야." "무슨 뜻이야?" 마마두는 턱을 조금 내밀고 속눈썹을 내리깔았다. "나는 태어난 순간부터 언제나 모든 시간에 바다를 보아왔어. 내가 왜 심지어 비행기를 타고 먼 나라까지 온 뒤에 우리 동네에도 있는 똑같은 대서양에 가기를 원하겠어?" 마마두의 농담에 나는 그럼 내가 작년 여름휴가를 보냈던 바다는 동해가 아니라 태평양이었구나, 라고 대답하고 싶었지만 그냥 입을 다물었다. 내가 애써 영어 문장을 만들며 재치 있는 사람이란 걸 보여주지 않아도 마마두는 내 이야기에 귀를 기울였다.

사토미가 야외 활동 쪽이라면 인도네시아 여학생 마야는 주로 레스토랑 이야기를 했다. 패션 디자이너라는 화려한 꿈을 갖고 있었지만 정작 그녀의 옷차림은 언제나 블라우스에 정장 바지 아니면 무채색 투피스 같은 어른스러운 스타일이었다. 그런 차림으로 주말마다 브런치나 저녁 모임에 가는 모양이었다. 그녀를 통해 나는 그해에 개점 백 주년을 맞은 그랜드센트럴역 오이스터 바의 특별 메뉴, 브런치에서 빠질 수 없는 미모사나 블러디 메리 같은 가벼운 알코올음료에 대해 알게 되었다. 주말 아침에 센트럴파크에서 개를 산책시켰다는 걸로 미루어 마야가 사는 곳은 공원 근처의 고급 아파트인 것 같았다.

그녀는 마마두처럼 수업이 끝나자마자 집으로 갔지만 마마두와 달리 지하철역에서 정기권을 충전하는 모습을 볼 수 있었고 웬일인지 늘 낡은 샌들을 신었다. 그리고 작문 시간에 쓴 그녀의 글을 통해 알게 되었는데 존경하는 인물은 어느 한국인 여성이었다.

작문 선생이 제시하는 주제는 언제나 나의 가족, 내가 존경하는 인물 같은 초보적인 글감이었다. 학생들이 제출하는 글도 평이한 가족관계의 나열과 화목한 가정에 대한 묘사 같은 상투적 내용을 벗어나지 않았다. 존경하는 인물에 대한 글은 선생과 공유할 만한 유명한 인물의 간단한 약력을 베끼는 수준이었다. 아버지라는 무난한 답을 쓴 사람도 마마두를 포함해서 세 명이나 되었다. 선생은 매주 흥미로운 작문 한 편을 골라 읽어주었는데 존경하는 인물을 쓰는 시간에 뽑힌 것이 마야의 글이었다.

마야가 존경하는 한국인 여성은 미국인 남편과 어린 아들 둘과 함께 사는 뉴욕의 전문직 여성이었다. 박사인지 의사인지 모를 그 여성을 마야는 닥터 김이라고만 소개했다. 닥터 김은 가난한 유학생으로 출발해서 사회적 성공과 행복한 가정 둘 다를 이루었을 뿐 아니라 약자에 대한 배려와 평등 의식을 갖춘 사려 깊은 여성이었다. 마야의 글은 자신도 그녀처럼 약자를 후원하는 영향력 있는 커리어우먼이 되기를 희망한다는 문장으로 끝을 맺었다.

존경하는 인물을 아버지라고 쓰긴 했지만 마마두는 그

것은 전혀 자신의 대답이 될 수 없다고 내게 말했다. 사실은 자기 나라의 초대 대통령인 상고르라는 인물을 존경한다는 거였다. 마마두는 상고르가 시인이기도 하다고 알려주었다. "왜 그렇게 쓰지 않았어?" "어차피 아무도 모르는 사람이니까. 시인이든 정치가든, 아프리카 사람에게는 누구도 관심을 갖지 않아." 마마두는 잠시 말을 끊고 생각에 잠기더니 다시 입을 열었다. "그의 책을 읽은 뒤부터 나는 문학을 좋아하게 되었어." 그러고는 나를 똑바로 바라보며 물었다. "수진, 너는 문학을 좋아해?" "아니." 나는 재빨리 고개를 저었다. 당연히 상고르라는 시인을 몰랐고 그리고 마마두가 이미 파악하고 있듯이 굳이 알고 싶지 않았다.

우리의 대화에 문학이라는 단어가 다시 등장한 건 그다음 주 월요일이었다. 이번에는 폴란드 변호사 올가의 주말 이야기가 시작이었다. 올가는 이 도시에 친척이 많았고 모임도 잦았다. 주말마다 브루클린에 있는 단골 폴리시 식당에서 파티가 열리곤 했는데, 지난 주말에는 조카의 웨딩 촬영을 보기 위해 브루클린 식물원에 갔다고 했다. 그녀는 신부의 아름다운 모습과 들러리들이 입은 바이올렛 드레스에 대해 네 문장이나 말했다. 사용하는 단어는 사토미만큼 다양하지 않아서 식물원의 넓고 푸른 잔디밭과 분수가 호들갑스러운 어조로 반복해서 등장했다.

카페테리아에서 함께 점심을 먹으며 마마두는 브루클린 식물원은 자신도 좋아하는 장소라고 말했다. 거기에 셰익스피어 가든이 있다는 거였다. "셰익스피어의 작품에 등장하는 식물들을 작품 속의 문구와 함께 전시해놓은 정원이야." 마마두는 그 정원에서 『템페스트』에 등장하는 아이비도 보았고 『말괄량이 길들이기』 속의 파슬리도 보았다고 말했지만 문구는 기억하지 못했다.

"내가 기억할 수 있는 것은 장미에 대한 문장뿐이야." 그렇게 말한 다음 마마두는 긴 속눈썹에 반쯤 가려진 까만 눈동자로 잠시 나를 물끄러미 바라보았다. 그 문장을 떠올리기 위해 생각을 집중하는 듯했다. 그러나 이윽고 입을 뗀 그는 이렇게 말했다. "나는 지금 셰익스피어 가든의 꽃 핀 장미 앞에 서 있는 너를 상상해봤어." 그의 눈동자는 여전히 나를 향해 있었다. "나는 알 수 있어. 그것은 아름다운 풍경일 거야."

그 순간 내 머릿속에는 회화 시간마다 들었던 마마두의 '나는 아버지와 함께 시간을 보냈다'라는 일관된 대답이 떠올랐다. "그곳도 아버지와 함께 갔어?" 내가 말을 돌리자 마마두는 나를 향해 기울였던 얼굴을 뒤쪽으로 물리며 등을 곧게 펴더니 아니, 하고 짧게 대꾸했다. 그러고는 느린 동작으로 무릎 위의 냅킨을 들어 천천히 입을 닦았다.

"사실 아버지와 그다지 사이가 좋지 않아. 나는 의사도 외교관도 되고 싶지 않아. 이 도시에도 오고 싶지 않았어." 그의 목소리는 낮고 담담했다. "아버지는 이 나라의 미래를 신뢰해. 내가 여기에서 성공하기를 원해. 그 때문에 지금 나는 우리 가족 중 가장 좋아하지 않는 사람과 함께 지내고 있는 거야." 나는 마마두를 향해 조금 웃어 보인 다음 포크로 샐러드를 찍는 데에 집중하는 척했다.

나는 마마두의 가족사진을 본 적이 있었다. '나의 가족'이란 주제로 작문을 하던 날이었다. 레이스 커튼이 쳐진 창과 묵직해 보이는 액자들을 배경으로 대가족이 모여 있었다. 모두가 신분을 나타내는 정장과 드레스를 입

고 검은 얼굴에 흰 이를 드러내며 환한 미소를 지은 모습
이었다. 마마두는 앞줄의 작은 여자애를 가리키며 가장
보고 싶은 막냇동생이라고 빙긋 웃었다. 나는 어머니가
젊어 보이고 여동생이 예쁘다고 말하며 사진을 돌려주었
다. 그런 정도가 우리들이 작문 시간에 쓸 수 있고 또 내
가 귀를 기울일 수 있는 이야기였다.

"이제 너의 차례야. 너의 가족사진을 나에게 보여줘."
마마두의 말에 나는 곧바로 대꾸했다. "나에게는 가족
사진이 없어. 그리고 나는 가족과 함께 살지 않아." 의아
한 표정으로 왜 부모와 함께 살지 않느냐고 묻는 마마두
에게 나는 둘 다 세상을 떠났다고 아무렇게나 대답했다.
"아임 소 소리." 그는 이마를 약간 찡그리면서 부모가 너
무 일찍 떠나서 네가 슬펐겠다, 라고 덧붙였다. 어정쩡하
게 고개를 끄덕이며 나는 생각했다. 마마두는 대체 나를
몇 살이라고 생각하고 있는 걸까. 일부러 나이를 감출 의
도도 이유도 없었지만 이제 와서 털어놓기에는 너무 늦
어버린 것 같았다.

세네갈 시인 상고르는 몰랐지만 나는 『로미오와 줄리
엣』에 나오는 셰익스피어의 유명한 문구까지 모르지는

않았다. 장미를 그 어떤 다른 이름으로 불러도 달콤한 향
기는 그대로이다. 여전히 장미이다. 아버지 이야기를 끝
으로 말없이 도시락을 비우고 있는 마마두에게 내가 말
을 건넸다. "장미를 세네갈에서는 뭐라고 불러?" 입에 넣
은 생선튀김을 천천히 씹어 넘긴 다음 그는 나와 눈을 마
주치지 않은 채 짐짓 무심한 어조로 대꾸했다. "프랑스어
도 똑같아. 장미의 이름은 장미." 다시 포크를 움직이기
시작하며 마마두는 이렇게 덧붙였다. "물론 세네갈의 월
로프어로는 다르지만."

　나는 마마두의 검은 이마와 긴 속눈썹의 움직임을 잠
시 동안 바라보고 있었다. 그리고 마마두 쪽으로 몸을 약
간 굽히며 말했다. "수요일에는 우리가 함께 학교 밖으로
나가 점심을 먹는 게 어때? 내가 너를 괜찮은 장소로 안
내할 수 있어." 그는 여전히 쟁반에만 눈길을 둔 그대로
빈 도시락 통을 닫으며 나는 상관없어, 라고 건조하게 대
답했다. "아니지." 내가 목소리를 조금 높이자 그제서야
마마두의 눈길이 나를 향했다. "상관없어나 괜찮아가 아
니라 좋아라고 명확한 표현을 써야 해. 회화 시간에 배웠
잖아. 돈 케어나 오케이는 불분명한 표현이니 굿을 사용

해야 한다고." "응, 좋아." 마마두가 다시 말했다.

내가 마마두를 안내하겠다고 말한 데에는 이유가 있었다. 시간이 지나면서 어학원에는 하나둘 단짝이 생겨나고 학교 밖으로 어울려 다니는 무리가 만들어졌다. 학기의 절반이 넘어갈 즈음 나에게도 변화가 생겨났다. '문화교류 영어'라는 과목의 첫 수업 때 옆자리에 앉았던 인연으로 한 타이베이 여학생과 가까워졌던 것이다. 친구가 많은 그녀는 나를 그들의 점심식사 자리나 방과후 함께 숙제를 하는 카페에 데려갔다. 〈블루 재스민〉을 보기 위해 학교에서 세 블록 거리의 극장에 몰려가 와자지껄한 백인들 틈에 끼어 나란히 줄을 서기도 했다.

그들 그룹을 통해 나는 학교 근처의 식당이나 카페, 공공도서관에 관해 알게 되었다. 또 공원에서 열리는 메트로폴리탄 오페라의 무료 공연과 학생 할인으로 십육 달러에 볼 수 있는 아메리칸 발레 시어터의 〈백조의 호수〉, 커뮤니티 센터의 사회봉사 프로그램인 영어 무료 강습같은 정보도 얻곤 했다.

하지만 그들과 어울리는 건 일주일에 한두 번 정도였

다. 그보다 더 자주 마주치는 얼굴은 거의 모든 과목을 같이 듣는 한국 남학생 성혁과 민준이었다. 첫번째 작문 시간에 나는 선생의 지시 사항을 제대로 알아듣지 못했다. 도서관에서 글을 쓰다가 강의실로 돌아왔을 때는 선생이 이미 학생들의 작문을 모두 거둬서 떠난 뒤였다. 그 텅 빈 강의실 구석에서 뜻밖에도 성혁과 민준이 나를 기다리고 있었다. 그때 그들과 처음으로 한국말 대화를 나눴다.

늘 고급 브랜드의 옷을 입는 성혁은 헌터 칼리지 어학원에 3레벨부터 다니기 시작한 만큼 이 도시에 대해 잘 알았다. 특히 식당 정보에 밝은 것은 레스토랑 비즈니스에 관심이 많아서였다. 사투리는 쓰지 않았지만 억양이 강하고 목소리가 컸으며 자기 의견을 주장하는 데에 거리낌이 없어 보였다.

성혁과 달리 민준은 말수가 적었다. 한국인이 많은 동네에서 그로서리를 하는 친척집에 사는 그는 가게 일을 돕느라 종종 학교에 나오지 못하는 날도 있었다. 민준은 반에서 가장 잘생긴 남학생이기도 했다. 야구 모자를 즐겨 썼는데 수업시간에 발표라도 하게 되면 모자 아래 감추어진 그의 얼굴에 여학생들의 시선이 한껏 집중되었다.

나는 그들과 가깝게 지낼 마음은 없었다. 편안한 언어를 사용하는 대화에서는 자칫 긴장이 느슨해지고 또 자신도 모르는 사이 드러내고 싶지 않은 정보까지도 노출되게 마련이었다. 그것은 언어와 관계 모두에 지친 내가 결코 원하지 않는 일이었다. 단기간에 영어를 익혀야 하는 그들 역시 같은 한국인과는 거리를 두고 싶어할 게 당연했다. 우리가 수업시간 외에 따로 만날 일은 없었다. 카페테리아에서 셋이 만난 것은 단지 문화교류 영어 과목의 수업 준비 때문이었다.

그날 선생은 학생들에게 TED 영상 몇 개를 보여주었다. 그리고 다음 시간부터 같은 형식으로 각자 자기 나라의 문화를 소개해보라는 과제를 냈다. 소개가 끝나면 다른 학생들의 질문에 답변도 해야 했는데 4레벨 학생에게는 그것이 더 부담스러운 일이었다. 성혁이 이죽거렸다. "질문? 뻔하죠 뭐. 한국인은 매일 김치를 먹냐고 묻겠지. 일본인에게는 매일 스시 먹냐고 물을 테고. 근데요, 더 기분 나쁜 건, 우린 실제로 매일 김치를 먹잖아." 성혁은 민준 쪽을 바라보며 말을 이어갔다. "6레벨에 아는 누나가 그러는데, 그 선생 출석 체크 철저히 한대요. 학생 비자로 들어와서 일자리 구하는 사람들도 많은가봐. 그거 적발되면 추방일걸." 그날도 그로서리 일을 해야 한다던 민준이 몇 번인가 핸드폰을 켜고 시간을 확인했지만 아랑곳없이 성혁의 말은 길어지고 있었다. "한번은 중동에서 온 남자애가 이 주째 결석을 한 거야. 그래서 연락해보니까, 대박! 결혼식 하러 자기 나라에 잠깐 다녀온 거였대. 근데 그게 또 세번째 결혼! 스물한 살에 벌써 와이프가 세 명이야. 우하하." 성혁은 손바닥으로 탁자를 두드려가며 큰 소리로 웃어젖혔다.

성혁의 거침없는 웃음소리에 신경이 쓰인 나는 슬쩍 고개를 돌려 주변을 살폈다. 다음 순간 익숙한 얼굴이 눈에 들어왔다. 언제부터 그곳에 있었는지 마마두가 구석 자리에 혼자 앉아 생수병을 들어 마시고 있었다. 조금 머쓱했지만 나는 손을 들어 알은척을 해 보였다. 그러나 마마두는 자리에서 일어나더니 빈 생수병을 쓰레기통에 던진 뒤 그대로 카페테리아를 나가버렸다. 분명히 서로 눈이 마주쳤기 때문에 나는 잠시 어리둥절했다.

앞자리에서 성혁은 계속 큰 목소리로 떠들며 웃음을

터뜨렸고 민준도 마지못한 듯 따라 웃고 있었다. 한국 남
학생들과 어울리는 내 모습 역시 어쩌면 자연스럽고 편
해 보였을 것이다. 마마두와 영어 단문으로 천천히 대화
할 때와는 달랐을 게 분명했다. 그런 낯선 모습이 그의
마음을 불편하게 만들었을지도 모른다는 생각이 잠깐 스
쳐갔다.

  "저는 음식 문화를 좀 다뤄보려고요." 성혁은 이미 발
표 주제를 정한 모양이었다. 한국의 상차림을 소개한 다
음 이 도시에 있는 한국 식당의 지도를 만들고 거기에다
자신의 평점을 붙이겠다는 구체적 계획까지 갖고 있었다.
"그거 알아요? 러시아에 있는 한국 식당에서는 반찬을 그
냥 반찬이라고 부른대요. 한국어로. 전에 러시아 애하고
삼겹살에 소주 먹다가 알게 됐어요. 걔 한국 식당 엄청
좋아하거든. 아 참." 갑자기 재미있는 이야깃거리가 생각
났는지 성혁의 얼굴에 웃음이 떠올랐다. "콜롬비아 애 있
잖아요. 맨날 게임만 하는 애. 문화교류 수업 때 옆에 앉
았었는데, 걔는 자기 나라 마피아 이야기 할 거래요. 감
옥 안에서 다들 핸드폰도 쓰고 마약 거래도 한다고. 아
니, 그게 뭐가 자랑이라고 소개를 해. 또라이 아녜요?"

성혁이 다시 또 웃음을 터뜨릴 기세였으므로 나는 얼른 내 앞의 커피잔과 냅킨을 쟁반에 정리하기 시작했다.

마마두와 학교 밖에서 점심을 먹기로 한 수요일에 나는 캐리어에 들어 있던 반소매 시폰 원피스를 꺼내 입었다. 7월 날씨가 부쩍 더워져 가벼운 옷차림이 필요한 때이기도 했다.

마마두는 언제나처럼 재킷에 회색 스웨이드 로퍼 차림으로 숲과 책의 향수 냄새를 풍기며 나타났다. 우리는 세 블록 거리의 코너스라는 빵집에 가기로 했다. 다양한 종류의 샌드위치를 파는 그곳에는 마마두가 선택할 만한 메뉴도 갖춰져 있을 듯했다.

헌터 칼리지의 도심 캠퍼스에는 야외 공간이 전혀 없었다. 도로를 사이에 두고 건물 몇 개가 모여 있었고 그중 두 건물이 구름다리로 연결돼 있을 뿐이었다. 나와 마마두가 함께 햇빛 아래로 나가는 건 처음이었다. 나란히 걷는 것도 당연히 처음 있는 일이었다. 나는 사십대 한국 여성의 평균보다 작고 말랐으며 세네갈 청년 마마두는 장신에 거구였다. 마치 숄더 패드를 장착한 풋볼 선수 옆에 붙은 꼬마애처럼 보였을 것이다. 어쩌면 나이든 난쟁이처럼 보였을지도 모른다. 어떻게 보이든 우스꽝스러운 조합임이 분명했다. 마마두가 일부러 느리게 걷긴 했지만 그럼에도 그와 보폭을 맞추려면 나는 다리를 재빨리 움직여야 했다.

햇살이 따가운 시각이었다. 얇은 시폰 원피스의 등과 겨드랑이가 땀에 젖기 시작했다. 격식을 차린 마마두의 재킷이 불현듯 둔하고 답답해 보였는데 그의 검은 이마에도 땀이 배어 있는 게 보였다. 이 정도 날씨는 서늘한 거라고 하지 않았나. 나는 속으로 중얼거렸다. 땀을 흘리는 그의 모습이 어딘지 불안하고 어리숙하게 느껴졌다.

나는 학교가 파한 뒤 이따금 코너스 빵집 앞을 지나쳐 걷곤 했지만 안으로 들어가본 적은 한 번도 없었다. 그 시각에 가게가 붐빈다는 것 또한 알지 못했다. 주문 카운터의 줄 끝에 서며 나는 손목을 들어 시계를 보았다. 다음 수업까지는 시간이 남아 있었지만 예상 밖의 상황에 점점 예민해졌다.

주문도 가까스로 성공했다. 점원은 마마두의 발음을 세 번이나 잘못 알아들었고 뒤에 서 있던 내가 손가락으

로 진열장 안의 참치샌드위치와 모차렐라샌드위치를 가
리켜 보여야만 했다. 지갑을 꺼내려 하자 마마두는 자신
이 내겠다며 나를 만류했다. 그러나 샌드위치와 함께 유
기농 주스 두 개를 받아든 그의 가죽 지갑에는 충분한 돈
이 들어 있지 않았으므로 나는 신용카드로 그의 몫까지
계산을 했다.

　간단한 셀프서비스조차 익숙하지 않다는 마마두는 어
정쩡하게 쟁반을 든 채 실내를 둘러보았다. 그러고는 잠
시 그대로 서 있었다. 그 조그마한 동네 빵집에 앉을 자
리가 남아 있지 않았던 것이다. "센트럴파크로 가는 것에
대해 너는 어떻게 생각해." 마마두의 말에 나는 고개를
흔들었다. 그와 함께 공원에 가는 일과 거기까지 또 나란
히 걸어야 하는 일 둘 다 내키지 않았다. "카페테리아."
나는 짧게 대꾸했다. 나는 학생 카페테리아로 가는 게 좋
다고 생각해, 라고 말하려 했지만 그마저도 귀찮았다.

　카페테리아로 돌아온 우리는 아무 말 없이 샌드위치를
먹었다. "점심 고마워." 다 먹은 뒤 리넨이 아닌 코너스
빵집의 종이 냅킨으로 입가를 닦으며 마마두가 먼저 입
을 열었다. "너는 내게 점심을 사준 최초의 한국인이 되

었어." 분위기를 풀려는 듯 말투 속에 가벼운 농담기가
느껴졌다. 그때 내 머릿속에 갑자기 왜 그 이야기가 떠올
랐는지 모른다. 지갑을 놓고 나온 미국인 직장 동료의 점
심값을 대신 치러준 인연으로 결혼에까지 이른 한국인
여성 사업가의 인터뷰를 매거진에서 읽은 적이 있었다.
상대 남자는 흑인이었다. 그 여성 사업가는 가족 중 한
사람만이라도 축하해주기를 바랐지만 모두와 차례차례
인연을 끊어야 했다.

나는 마마두에게 그 이야기를 문법에도 맞지 않는 문
장으로 계속해서 주워섬겼다. 마치 자신의 이야기가 무
리한 내용임을 스스로 잘 알기 때문에 더욱 여러 방식으
로 가공하면서 쉽게 끝내지 않으려 드는 초조한 이야기
꾼 같았다. 두 손으로는 뭔가를 끊고 밀어내는 동작을 계
속 반복하고 있었다.

마마두는 아무 대꾸도 표정의 변화도 없이 끝까지 들
었다. 마침내 내가 입을 다물자 그는 옆자리에 올려놓았
던 가방에서 봉투 하나를 꺼냈다. 고급스러운 재질의 사
각봉투였다. "이것은 네 것이야." 얼떨결에 받아서 열어
보니 그 안에는 요리 교실 초대장과 팸플릿이 들어 있었

다. 테마는 '쿠킹 위드 와인'이었다. "왜 이것을 내게 주는 거야?" 내 물음에 대답하는 마마두의 목소리는 담담했다. "그것이 나의 것이 될 수 없기 때문이야. 술은 나의 것이 아니니까. 거짓말이 그렇듯이." 마마두는 내 얼굴을 빤히 바라보며 말을 이었다. "수진은 와인을 좋아해. 그리고 요리도. 그렇지 않아?"

내가 부정의문문에 어떻게 대답할지 궁리하는 동안 마마두는 가방을 들고 자리에서 일어났다. "바이, 수진. 점심 고마웠어." 나는 얼굴에 떠오르는 당황함을 애써 감추며 짐짓 쾌활하게 대꾸했다. "노 프라블럼. 바이, 마마두." 출입문을 등지고 앉아 있던 나는 마마두가 카페테리아를 완전히 벗어났다고 생각될 때를 기다려 천천히 팸플릿을 펼쳤다.

쿠킹 위드 와인

시간: 7월 넷째 주 토요일 오전 11시

장소: 윌리엄스 소노마 쿠킹 클래스

후원: 캘리포니아 와인 협회

캘리포니아 와인 컨트리를 기념하고, 와인을 이용해 어

떻게 요리하는지, 어떤 와인이 달콤하고 풍미 있는 요리로 만들어주는지 배워라. 우리는 매리네이트하고 소스를 만들고 맛있는 디저트를 고안하기 위해서 어떤 와인을 언제 어떻게 이용하는지에 대해 의견을 나눌 것이다.

치킨 스튜 인 화이트 와인/스테이크 위드 샬럿 레드 와인 소스/머슬스 스팀드 인 와인/쿡드 화이트 피치 위드 타임

집에 들어가는 길에 나는 동네 그로서리에서 와인 한 병을 샀다. 그동안에도 저녁을 캔맥주 몇 개와 과자 조각으로 때우는 날이 많았지만 다음날 1교시 수업을 앞두고 와인병을 따는 것은 처음이었다. 코르크 마개에 스크루를 박아 천천히 돌리며 나는 낯선 나라에 와서 학생이 되기까지 했는데도 어김없이 혼자 술잔을 채우며 저녁 시간을 보내는구나 하는 생각을 하고 있었다. 오늘로 마흔여섯 살이 되었다는 것도 떠올렸다.

어느 집에서인지 개 짖는 소리가 복도를 건너왔다. 소리가 커질 때마다 개를 달래는 주인의 나직하고 다정한 음성이 따라 나왔다. 그들의 소리는 한참 동안 계속되었

는데 나는 거기에 귀를 기울이며 천천히 술을 마셨다. 모르는 개와 주인의 저녁 시간에 깃든 일상의 기적. 그것이 오래전에 본 영화의 한 장면이나 기억에도 희미한 어린 시절의 한나절처럼 시간을 내게서 멀어지게 해주고 있었다. 고립된 기분도 점점 잊혀갔다.

와인병을 다 비운 뒤 캔맥주를 가지러 일어서는데 몸이 흔들리는 게 느껴졌다. 냉장고 문을 열며 나는 큰 소리로 영어 문장을 중얼거렸다. 나는 요리 교실에 가지 않을 것이다. 왜냐하면 요리는 나의 취미가 아니기 때문이다. 어쩐지 눈앞이 조금 흐려진 기분이 들었으므로 스탠드 등과 보조 등을 모두 켜서 실내를 환하게 밝혀놓고 다시 식탁에 앉아 맥주 캔을 땄다.

나는 또 무슨 거짓말을 했을까. 와인을 좋아한다는 말은 대체 언제 내뱉은 것일까. 상대의 질문 내용을 잘 알아듣지 못했을 때 나는 대체로 불분명한 어조로 예스라고 얼버무리곤 했다. 노라고 대꾸하면 대화가 복잡해지기 때문이었다. 마마두가 뭔가 물었을 때 잘 알아듣지 못해서 적당히 고개를 끄덕인 적도 많았을 것이다. 그런 대화를 할 때의 나는 아무도 아니었다. 그때의 나를 이루고 있는 것은 익명과 일회성의 태도, 깊이 없는 친절, 단답형 문장들, 그리고 여름 시즌 동안만 유효한 임시 신분이었다. 하지만 마마두는 그런 나의 말들을 빠짐없이 기억하고 있었다.

나는 왜 떠나온 것일까. 누군가를 더이상 미워하고 싶지 않을 때 혼자 무기력하게 시간을 보내기보다는 규칙적이고 또 가시적으로 발전이 드러나는 새로운 시도를 해야 한다는 생각. 대체 왜 그런 진지한 생각을 했을까. 그런 점 역시 내가 아는 범주 안에서 틀을 만들고 그 틀에 맞도록 의미를 재단하는 독선적인 진지함의 한 방식이 아니었을까. 나를 증오에 빠지고 용서를 외면하고 또 결별에 이르도록 만든 순정의 무거움, 그리고 서로 다름에서 생겨나는 일상의 수많은 상처와 좌절들, 낙관적이지 못한 복잡한 생각과 그것을 납득시키기 위한 기나긴 말다툼을 통과하고도 나는 여전히 그 틀에 갇혀 있는 게 아닐까. 내가 과연 떠나오기는 한 것일까.

갑자기 핸드폰에서 문자 수신 알람이 울렸을 때 나는 소스라치게 놀랐다. 한국을 떠난 뒤로 들어보지 못한 소리인데다가 이 도시에서 개통한 전화번호를 아는 사람이 아무도 없다고 생각해서였다. 수업 발표를 의논하던 자리에서 번호를 교환했던 성혁과 민준을 깜빡하고 있었다. 문자는 민준에게서 온 것이었다. 민준이 그날 결석했다는 사실이 떠올랐다. 민준은 가게 일이 이제야 끝나서 늦은 시간에 연락을 하게 됐다고 사과한 다음 마야가 그날 수업에 왔는지 물었다.

나와 마마두처럼 민준과 마야는 문법 시간의 단짝이었다. 결석이 잦은 민준이 강의실에 나타날 때까지 마야는 수시로 문 쪽을 바라보곤 했는데 이번에는 마야 자신이 사흘째 학교에 나오지 않고 있었다. 민준은 결석이 많으면 추방당한다는 성혁의 말이 신경 쓰였던 모양이었다. '아니, 마야도 결석했어.' 내가 문자를 보낸 뒤 한참 만에 답장이 왔다. '알겠어요.' 핸드폰을 손에 쥐고 화면을 조금 더 바라보았지만 더이상 새로운 문자는 오지 않았다.

다음날 오후 수업이 끝날 때까지도 마야는 어학원에 나타나지 않았다. 민준이 내게 다가와 말했다. "누나가 연락 한번 해보실래요?" 나는 그가 알려준 마야의 전화번호를 핸드폰에 저장하며 물었다. "지금?" "나중에요. 지금은 전화 안 받아요." 야구 모자로 가려진 얼굴을 더

118

욱 아래로 숙이며 민준은 침울하게 덧붙였다. "제 전화라
서 안 받는 걸 거예요."

그날 저녁 내가 문자를 보내자 마야는 곧바로 답장을
보내왔다. '안녕, 수진. 나는 좀 아팠어. 하지만 지금은
많이 좋아졌어.' 내 문자가 반가웠는지 그녀는 계속해서
짧은 문자를 쏟아냈다. '다들 잘 지내고 있어? 반 친구들
이 그리워. 나는 다음주부터 다시 학교에 갈 수 있을 거
야. 그런데 수진은 이번 주말에 어떤 플랜을 갖고 있어?'
그러고는 뜻밖에도 토요일에 자기 집에 놀러올 수 있냐
고 묻는 것이었다.

그녀의 주소는 짐작대로 어퍼웨스트사이드의 고급 아
파트였다. 약속을 잡은 뒤에도 쉽게 대화를 끝내고 싶지
않았는지 마야는 또 질문을 던졌다. '수진, 한국말로 엘
더 시스터를 뭐라고 불러? 나는 한국말을 많이 알고 싶
어.' 마침내 마지막 인사를 할 때 마야의 문자는 굿 나잇,
언니, 였다.

민준은 월요일 오전 수업이 끝난 뒤 카페테리아와 도
서관을 잇는 구름다리 위에서 나를 기다리고 있었다. 그

날은 야구 모자를 쓰지 않아 서글서글한 눈동자와 곧은 콧대가 시원하게 드러났다. 갈색 머리카락이 이마 위로 부드럽게 흘러내렸고 카고 반바지 위에 입은 푸른색 스트라이프 티셔츠가 하얀 얼굴에 잘 어울렸다. 무엇보다 오후 수업에서 마야를 만날 수 있는 민준의 얼굴에는 보는 사람이 따라서 미소 짓지 않을 수 없는 설렘과 싱그러움이 깃들어 있었다.

"고마워요, 누나." 그는 손에 들고 있던 두 개의 음료수 캔 가운데 하나를 내게 내밀었다. 우리는 나란히 구름다리 난간에 기대선 채 멀리 보이는 맨해튼의 건물들과 그 위에 펼쳐진 하늘을 바라보며 음료수를 나눠 마셨다. 날씨마저 좋았고 그날따라 어설픈 농담을 시도하는 민준을 향해 몇 번인가 미소를 짓기도 했다.

나는 거리 쪽을 바라보고 있었기 때문에 마마두가 구름다리를 건너갔다는 걸 알지 못했다. 뒤늦게 마마두를 발견한 민준이 말해줘서야 사라져가는 그의 재킷 자락을 볼 수 있었다. 그는 우리의 등뒤를 지나쳐 카페테리아가 있는 건물로 들어갔다. 그날은 함께 점심을 먹는 날이었지만 마마두는 그 시간 카페테리아에 나타나지 않았다.

수요일에도 마찬가지였다. 나는 마마두에게 아무것도 묻지 않았다. 이제 카페테리아에서 점심을 먹지 않는 모양이라고 가볍게 수긍하기로 했다.

문법 시간에는 여전히 그와 짝이 되었다. 그러나 마마두는 나와 눈을 맞추거나 의견을 묻거나 새로운 화제를 꺼내거나 하지 않았다. 또다시 '하이, 수진'과 '바이, 수진'이 내게 건네는 말의 전부였다. 수업이 끝난 뒤 나는 학기초에 그랬듯 어디에서도 마마두의 모습을 볼 수 없었다.

본격적인 더위가 시작되면서 나는 걷기를 그만두었다. 대신 근처의 카페에 들어가 에어컨 곁에서 혼자 시간을 보내는 날이 많아졌다. 이따금 코너스 빵집 앞을 지나가다가 테이크아웃 커피를 사기도 했다. 늦은 오후의 그곳은 마마두와 갔을 때처럼 붐비지 않았다. 근처 필라테스 센터에서 운동을 마친 레깅스 차림의 여성들이 커피를 마시거나 동네 주민들이 느긋하게 티타임을 즐기는 정도였다.

종강이 이 주밖에 남지 않은 8월 어느 날이었다. 그날 코너스 빵집에 자리를 잡고 앉은 것은 점심을 건너뛰었기 때문이었다. 나는 커피와 샌드위치를 샀고 쟁반 위에 슈크림도 한 개 곁들여 야외 테이블에 앉았다. 옆 테이블에는 개를 데리고 나온 점잖은 백인 노인이 홍차와 크루아상을 먹고 있었다. 그 옆 테이블 손님은 금발의 젊은 부부였는데, 여자는 유아차 속의 아이에게 푸딩을 떠먹이고 남자는 커피를 홀짝이며 랩톱을 들여다보았다. 오후의 여름 햇살이 사선으로 드리워진 어퍼이스트사이드 주택가의 한적하고 여유로운 풍경이었다.

낡고 더러운 겨울 점퍼를 걸친 구부정한 남자가 나타났을 때 나는 그 도시 어디에서나 마주치게 되는 홈리스임을 알아챘다. 제멋대로 자라나 엉겨붙은 머리카락, 땟국물로 더께 진 얼굴과 지저분한 수염, 해지고 얼룩투성이인 청바지. 남자는 야외 테이블을 돌면서 잔돈을 구걸했다. 몸을 움직일 때마다 지독한 냄새가 진동했다.

애써 외면하는 척했지만 나는 계속해서 구걸에 실패한 그가 내 자리 쪽으로 다가오는 데에 잔뜩 긴장하고 있었다. 그리고 마침내 남자가 내 앞에 서서 손을 내밀었을 때 다른 손님들이 그랬듯이 가볍게 고개를 흔들었다. 하지만 그는 다른 손님을 대할 때처럼 순순히 물러나지 않았다. 사나운 욕설을 퍼붓더니 갑자기 위협적으로 팔을 뻗어 내 쟁반을 뒤엎었다.

뜨거운 커피가 무릎으로 쏟아졌고 샌드위치는 포장지와 분리되면서 바닥에 굴러떨어졌다. 허공으로 날아갔던 플라스틱 포크와 냅킨이 발밑으로 흩어졌다. 내가 당황해서 급히 일어서는 바람에 의자가 넘어졌고 거기 걸어두었던 백팩이 떨어지면서 슈크림을 으깼다. 남자는 계속해서 욕을 퍼부으며 몇 번의 삿대질로 으름장을 놓더니 어느 순간 몸을 돌려 천천히 빵집을 떠났다. 분명 다른 테이블의 모두가 지켜보고 있었지만 상황이 종결된 뒤에도 괜찮냐고 물어보는 사람조차 없었다. 나는 손이 벌벌 떨려왔다. 내 모습이 그들의 눈에 비치는 게 벌거벗겨진 것처럼 모욕적이었다.

고개를 푹 숙이고 더듬더듬 테이블 주변을 수습하고 있는데 그제서야 청소 용구를 든 종업원이 나타났다. "아유 오케이?" 뭐라고? 내가 지금 어떻게 오케이일 수 있겠어, 라는 머릿속 거친 대꾸와 달리 내 입에서는 아임 오케이, 라는 말이 조그맣게 새어나왔다. 그런 다음 종업원이 내미는 다시 타월을 받기 위해 고개를 쳐든 순간 내 눈에 들어왔던 길 건너편의 남자. 검고 커다란 그 남자는 그때 내가 생각했듯이 정말로 마마두였을까. 신호등 앞에 서 있었던 남자는 내가 고개를 든 순간 몸을 직각으로 꺾더니 곧바로 걸음을 옮기기 시작했다. 보폭이 아주 컸고, 마치 내 모습을 보지 않기 위해서인 듯 걸음이 빨랐다.

갑자기 정신을 차린 사람처럼 나는 백팩을 들어 어깨에 메고 그대로 그 자리를 떠났다. 두 손으로 백팩의 끈을 꼭 쥔 채 마마두가 사라진 반대 방향으로 무작정 걸었다. 셔츠 앞자락은 기름과 소스로 얼룩지고 바짓가랑이가 젖은 채로, 다리는 자동인형처럼 제멋대로 움직였고 이마에는 땀이 줄줄 흘러내렸다.

내 머릿속에는 한 가지 생각뿐이었다. 먼 훗날 내가 이 도시의 여름을 기억할 때 그것은 아마 오늘 오후의 풍경일 것이다. 그리고 그 풍경에 마마두는 없다. 마마두라는 이름은 기억할지도 모르지만 그것은 수진의 이름이 그렇듯 장미의 이름은 아닌 것이다. 얼마나 걸었을까. 처음 보는 이름의 지하철역 표지판이 눈에 들어왔으므로 나는 지하 계단을 향해 뚜벅뚜벅 걸음을 옮겼다.

종강이 가까워질수록 수업 분위기는 점점 더 느슨해졌다. 결석이 많아졌고 더이상 학교에 나오지 않는 학생들도 생겨났다. 아르바이트한 돈으로 주말마다 아웃렛 쇼핑에 열을 올리던 멕시코 자매도 강의실에서 모습을 감췄다. 부유하고 친구가 많은 내몽골 남학생은 이탈리아 바텐더가 일하는 술집에 무리를 이끌고 자주 드나들었는데 이제는 파티와 대마초에 빠졌다는 소문이었다. 사토미도 보이지 않았다. 그렇게 활동적으로 이 도시를 탐험하더니 마침내는 고향으로 돌아간 것일까. 그러나 며칠 뒤 그녀의 페이스북에는 친구들과 페루 여행지에서 찍은 사진이 올라왔다. 사토미가 페루에 갔다는 말을 패리스, 즉 파리로 잘못 알아들었던 문법 선생은 어이없다못해 불쾌한 표정이었다. 자신의 고향 페루의 발음은 악센트가 앞이 아니라 뒤 음절에 있다고 몇 번이나 강조했다.

작문 시간의 마지막 주제는 '우리의 미래'였다. 선생은 두 사람씩 짝을 지어주며 공동 작문을 과제로 냈다. 모두가 그 글을 낭독하는 것으로 수업을 마무리지을 예정이었다. 예상대로 나의 짝은 마마두였다. 우리는 다른 짝들처럼 방과후에 따로 만나 과제를 할 마음이 전혀 없었다. 각자가 작문을 한 다음에 그 두 개를 이어붙이자는 내 제안에 마마두도 쉽게 동의했다. 내가 글을 써서 그에게 주면 마마두가 자신의 글과 합쳐 하나의 작문으로 만들기로 했다.

마흔여섯이라는 나이에 나의 미래에 대한 글짓기 숙제라니. 사실 나는 초등학생용 주제로 뭔가 쓴다는 일에 이미 진력이 날 대로 나 있었다. 학기가 거의 끝났지만 영어 실력이 그다지 나아진 것 같지도 않았다. 마마두에게 건넨 나의 작문은 SF 소설에서 읽었던 가상도시의 풍경을 적당히 옮겨 적은 무성의하고 짧은 글이었다.

마지막 작문 시간은 4레벨 A반의 마지막 수업이기도 했다. 그 수업에서 선생이 베스트로 뽑은 글은 마야와 민준의 글이었다. 다른 짝들은 공동 작문을 반씩 나눠 읽었는데 그들은 마치 연극을 하듯이 서로 마주보며 번갈아 낭독을 했다. 제목은 '천국에서'였다.

미래의 어느 날, 마야와 민준은 죽어서 천국에 갔다. 신이 물었다. 천국에 온 걸 보니 너희는 착한 사람들이 틀림없구나. 아니요, 우린 별로 착하지 않은데요, 그렇지? 마야와 민준은 난처한 듯 서로 얼굴을 마주보았다. 사실 우리는 천국이 있다는 것도 믿지 않았어요. 그렇구나. 신이 실망한 목소리로 다시 물었다. 그런데 너희는 어떻게 함께 오게 되었니? 이곳에서 뭘 할 계획이야? 민준이 걱정스러운 얼굴로 말했다. 혹시 이것은 면접시험 같은 것인가요? 아니. 이곳에는 취직하는 사람은 없어. 아무도 일 같은 건 하지 않아. 아, 다행이다. 신의 말에 마야는 안심한 듯 활짝 웃으며 대답했다. 아마 같은 꿈을 꾸어서 함께 오게 되었나봐요. 꿈이라고? 그런 시시한 이유로 천국에 오는 사람은 없어. 신은 노골적으로 시큰둥한 표정을 지었지만 마야와 민준의 얘기를 더 듣고 싶은 눈치였다. 그래, 무슨 꿈을 꾸었는데? 그때 마야와 민준의 등뒤로 갖가지 구름과 꽃송이와 풍선 들이 떠오르기 시작했다. 그것들은 이내 천국의 하늘을 뒤덮었다. 마야와 민준의 얼굴도 환하게 빛났다. 우리는 오랫동안 미래에 대해 생각했고 미래에 대한 꿈을 꾸었어요. 그리고 눈을 떠보니 천국이었어요. 그들은 서로 번갈아 한마디씩 말했다.

선생은 그들의 작문이 수준에 맞는 쉬운 구문으로 쓰

인 동화적인 글이라고 칭찬했다. 하지만 나는 그렇게 생각하지 않았다.

나는 마야의 집에 갔던 일을 아무에게도 말하지 않았다. 감춰야 할 일이라고는 생각하지 않았지만 딱히 입에 올릴 만한 이야기도 아니었기 때문이었다. 마야가 사는 아파트는 닥터 김의 집이었고 마야는 두 아들의 보모였다. 그녀는 아이들이 유치원에 가 있는 동안 어학원에 다녔으며 나머지 모든 시간은 그들 가족을 위해 일했다. 평일 하루는 자유 시간이었다. 마야는 마땅히 갈 곳이 없었고 만날 사람도 없어 그런 날도 그냥 집에서 시간을 보냈다. 주말이면 부산스러운 두 아이들을 돌보며 온종일 닥터 김의 가족들과 시간을 보내야 했지만 그들이 기르는 개를 포함해 가족 여행을 떠날 때에는 혼자 집에 남았다. 내가 놀러갔던 토요일도 그런 가족 여행 기간 중의 하루였다.

마야의 방은 현관 옆에 붙어 있었다. 방안에는 작은 침대와 탁자 하나, 몇 개의 상자뿐이었다. 의자도 책장도 없었다. 거울과 다리미판만은 방에 어울리지 않는 대형 사이즈였다. 마야는 그 다리미판 앞에 서서 블라우스를 다리고 있다가 나를 맞이했다. "언니, 조금만 기다려. 소매만 다리면 돼. 닥터 김이 준 옷인데 내가 어제 바느질로 줄였어." 나는 마야가 권하는 대로 매트리스가 꺼진 침대 모서리에 걸터앉았다. 탁자 위에는 반짇고리로 사용하는 쿠키 틴 박스 외에 몇 권의 책과 노트, 그리고 스케치북 하나가 펼쳐져 있었다. 거기 그려진 패션 스타일화는 마야의 솜씨인 듯했다.

다린 블라우스로 갈아입은 그녀는 닥터 김 가족이 자주 가는 브런치 식당으로 나를 안내했다. 그 집의 대표 메뉴라는 에그 베네딕트와 함께 미모사도 주문해주었고 자신은 돈을 쓸 데가 전혀 없다고 우기면서 음식값도 혼자 치렀다.

식당에서 나온 뒤 우리는 센트럴파크를 함께 걸었다. 짧은 영어 실력임에도 마야는 수다스러웠고 사뭇 친밀하게 굴었다. 놀이터 앞을 지나칠 때 그녀는 그곳에서 놀고 있는 아이들과 갖가지 가방이나 비닐봉지가 걸린 유아차, 벤치의 보호자들을 눈으로 가리키며 말했다. "언니, 난 저 장소에 대해서라면 모르는 게 없어. 내 인생의 가장 많은 시간을 저기에서 보낸 기분이야. 참 평화로운 풍경이지, 그렇지?"

마야는 공원의 여러 장소로 나를 이끌었다. 호수와 잔디 광장과 원형극장과 스트로베리 필즈. 얼마 지나지 않아 나는 피로감을 느꼈지만 마야는 쉽게 헤어지고 싶지 않은 기색이었다. 그러나 내가 민준을 부르는 게 어때, 라고 말하자 그녀는 단호하게 고개를 저었다. "오늘 그로서리 일이 밤늦게 끝난대. 민준은 나보다 훨씬 바빠." 잠깐 말을 끊고 생각에 잠겨 있던 마야는 이렇게 덧붙였다. "이제 나는 그것을 이해할 수 있어." 민준은 일이 힘들어서 자주 몸이 아프고 늘 잠이 부족하다고 했다. 거기 비하면 자신은 훨씬 형편이 좋다는 거였다. 마야는 그 모두가 친절하고 사려 깊은 닥터 김 덕분이라고 여러 차례 강조했지만 나는 그녀가 원하는 대답을 끝내 해줄 수가 없었다. 작문 선생이 미래에 대한 마야와 민준의 꿈을 동화라고 말하는 데에 동의할 수 없었던 것과 마찬가지 이유에서였다.

*

칠 년이 지난 지금은 마지막 수업이 끝난 뒤 어떤 인사를 주고받으며 반 학생들과 헤어졌는지 기억이 나지 않는다. 마마두와의 작별은 더욱이 기억에 없다. 내 머릿속에 떠오르는 건 8월의 햇살, 발표 순서가 된 학생들이 자리에서 일어날 때마다 바닥에 끌리던 의자 소리, 수업이 끝났을 때 갑자기 몰려들던 갈증과 허기 같은 것들이다. 지우개로 천천히 화이트보드를 닦던 작문 선생의 뒷모습, 등에 멘 백팩이 유난히 가벼워서 어쩐지 걸음이 빨라지던 느낌 같은 사소한 것들. 그리고 마마두의 낭독을 들으면서 문득 한국으로 돌아갈 일이 더이상 두렵지 않게 느껴지던 것도 확실히 기억이 난다.

그날 나는 지하철을 놓치는 바람에 지각을 하고 말았다. 강의실로 뛰어들어가니 이미 낭독이 시작돼 있었다. 자리에 앉자마자 마마두에게서 두 장으로 된 작문을 받아들었지만 제대로 훑어볼 시간도 없이 발표 순서가 되었다. 앞부분이 내가 쓴 글이었으므로 내가 먼저 낭독을 시작했다. 일인칭 주어가 모두 수진으로 바뀌어 있었을 뿐 달리 수정된 부분은 없었다. 마지막 문장은 수진은 미래에 대해 상상하는 것이 그다지 의미가 없는 일이라고 생각했다, 였다.

그러나 마마두는 그렇게 생각하지 않았다. 이어지는 마마두의 낭독은 그렇게 시작되었다. 그의 목소리는 안개가 낀 아침 숲의 공기를 조용히 흔드는 관악기의 소리처럼 나직하고 멀고 아름다웠다. 마마두가 상상한 미래는 *그가 서른 살이 되는 때였다.*

수진이 마마두의 고향을 찾아왔을 때 마마두는 그것을 확실히 알게 된다. 수진은 미래를 상상하지 않았을 뿐 원하지 않은 것은 아니었다. 수진은 자신이 마마두의 고향에 오리라고는 상상하지 않았을 것이다. 하지만 마마두는 상상했다. 수진이 그녀의 진청색 운동화를 신고 아름다운 일몰 속 다카르 해변을 걷는 모습을 상상했고 걸음을 멈추고 공 차는 아이들을 가만히 바라보는 모습을 상상했다. 마마두의 집 창가에 서서 커다란 야자나무 사이로 불어오는 바람을 맞으며 투바 커피를 마시는 모습, 잔을 기울일 때에 평소의 버릇대로 가만히 눈을 감는 모습,

때때로 왼손을 들어 짧은 단발머리를 귀 뒤로 넘기는 모습. 그렇게 마마두가 상상한 그대로 수진은 이곳에 왔다.

수진과 마마두는 레트바 호수에 간다. 오래전에 바다였던 그곳은 점점 모래가 쌓여 호수가 되었다. 핑크빛을 띠어서 장미 호수로도 불리지만 햇빛이 강하고 바람이 많은 날은 선명한 붉은색이 된다. 수진과 마마두는 작은 나무배로 붉은 호수에 들어간다. 호수는 깊지 않다. 한가운데에 이르면 호수 바닥을 딛고 서서 광주리로 소금을 퍼올리는 검은 사람들을 볼 수 있다. 검은 사람 하나가 수진의 손바닥에 따뜻한 소금 한줌을 건네준다. 수진은 요리사처럼 소금을 손가락으로 집어 맛을 본다. 마마두는 그 모습을 자신의 책에 쓰기 위해 수진을 오랫동안 바라보고 있다.

선생은 우리의 작문에 A를 주었다. 그러나 시제를 통일해야 하며, 구를 나열하기보다는 문장의 기본 형식을 갖춰서 쓰라고 조언했다. 나는 거기에도 동의하지 않았다. 왜냐하면 그가 마마두와 달리 상고르를 읽지 않기 때문이었다. 그는 마마두의 꿈이 작가라는 것도 알지 못했다. 나도 마찬가지이다. 다시 회사에 복직했고 문화센터의 요리 교실에 다닐 만큼 일상의 리듬을 되찾았지만 아직도 그 세네갈 시인을 찾아보지 않았다. 마마두와 많은 말을 나누긴 했어도 나는 그의 가족이나 미래에 대해 전혀 관심이 없었다.

나는 그해 봄을 아주 느리게 통과했었다. 법적으로 혼자가 되었으며 그것은 내게 영원히 소통되지 않는 언어의 찌꺼기들과 심신에 함께 닥친 병과 자발적인 고독과 목돈을 남겨주었다. 그해 여름 나는 낯선 도시를 한없이 걸었다.

때때로 잠이 오지 않는 늦은 밤, 그 시절의 장소와 언어들을 검색할 때가 있다. 어느 화요일 한국 남학생들이 류현진 선수를 보기 위해 양키 스타디움에 갔고 링컨 센터에서는 아메리칸 발레 시어터의 〈백조의 호수〉가 공연되었고 브루클린공원에서 재즈 페스티벌이 열렸다는 건 검색을 하지 않아도 기억할 수 있다. 59번가 역 근처의 작은 비누 가게 창문에 걸려 있던 메릴린 먼로의 사진과 피자 전단지를 나눠주던 라티노 청년의 해골 타투도 눈앞에 생생하다. 이따금은 구글 지도를 검색해서 그곳들의 사진을 보기도 한다.

마마두를 검색해서 알 수 있는 것은 별로 없다. 내가 전혀 알지 못하는 마마두들의 국적과 언어, 그리고 마마두는 마호메트이고 그들의 나라에서는 가장 흔한 이름이라는 것 정도이다. 장미의 이름은 장미, 반찬의 이름은 반찬, 마마두의 이름은 마마두. 나는 여전히 미래에 대해 아무런 상상도 하지 않는다. 하지만 가끔은 작가 마마두가 나무배를 타고 호수 한가운데로 가서 뜨거운 소금을 검은 손바닥 위에 올려놓았을 때 그 푸른 하늘과 호수의 장밋빛이 얼마나 아름다울지를 상상해본다. 누군가의 왜곡된 히스토리는 장밋빛으로 시작한다.

양과

시계가

없는

궁전

1

극장 안은 생각만큼 어둡지 않았다. 현주는 자리에 앉았고 로언이 객석 뒤쪽의 바에 가서 맥주를 사왔다. 로언에게서 맥주가 든 종이컵을 건네받은 현주는 곧바로 그것을 입으로 가져갔다. 조금 전 식당에서 닭튀김 접시를 급히 비웠던 탓에 목이 말랐다. 맥주는 싱겁고 미지근했다. 여기 사람들은 맥주를 그다지 차게 안 마셔. 두번째 모금을 넘기며 현주는 생각했다. 우리 학교 앞 호프집 냉장고에 층층이 쌓여 있는 얼음잔을 보면 그게 뭐라고 생각할까. 다음 순간 현주의 얼굴이 가시에라도 찔린 듯이 갑자기 일그러졌다.

현주는 로언이 눈치채지 못하도록 왼손에 들었던 종이컵을 천천히 오른손으로 옮겨 들었다. 그런 다음 왼쪽 손바닥을 그쪽 귀로 가져가서 가만히 눌렀다 뗐다를 반복해보았다. 삐 소리와 함께 안쪽에서 뭔가 잡아당기는 듯한 통증이 느껴졌다. 손바닥으로 귀를 막은 채 음음, 하고 소리를 내보니 자신의 목소리가 멀리서 희미하게 들려왔다. 왼쪽 귀의 이명이 다시 시작된 모양이었다.

할렘에 있는 아폴로극장의 수요일 공연은 '아마추어의 밤'이었다. 아마추어들의 노래와 춤 경연이 펼쳐졌는데 객석 분위기가 극장이라기보다 주말의 야구 경기장 같았다. 관객들의 환호와 박수 소리, 혹은 야유하는 소리로 출연자들의 점수가 결정되기 때문이었다. "치어링 cheering 아니면 지어링jeering. 이게 관전 포인트야." 로언이 설명했다. 이 극장이 백 년 넘은 유서 깊은 장소이며 잭슨 파이브와 다이애나 로스 같은 톱스타가 이 무대를 통해 발굴됐다고도 덧붙였다.

그 정도 내용쯤은 현주도 알고 있었다. 이 극장에 와보

지 않았을 뿐 할렘 거리, 그리고 조금 전의 실비아 식당
도 사실 처음이 아니었다. 근처의 아이홉이나 쉐이크쉑
같은 간편한 체인점을 놔두고 굳이 단체 관광객들과 함
께 줄을 섰다가 공연 시간에 늦을까봐 주문한 음식을 급
히 욱여넣어야 할 이유가 없었다. 그러나 로언의 결정에
반대 의견을 꺼내는 건 내키지 않았다. 로언이 아직도 자
신을 관광객처럼 대해 불만이었지만 스스로 나서서 아니
라고 주장하는 것도 우스운 일이었다. 현주는 이 도시에
네번째로 왔고, 중학생 때 유학 온 로언은 이 나라의 시
민권을 가진 직장인이었다.

시간이 지날수록 극장 안 분위기는 점점 달아올랐다.
오래된 극장 특유의 아치형 천장과 둥근 벽 장식들, 곰팡
이와 소독 세제와 취기가 뒤섞인 듯한 냄새. 그 속에서
관객들은 앉았다 섰다를 반복하며 사회자의 진행에 적극
적으로 호응했다. 로언도 자리에서 일어났다. 할 수 없이
따라 일어난 현주는 한 손으로 왼쪽 귀를 막고 다른 손에
든 맥주를 조금씩 홀짝이며 그 옆에 서 있었다.

극장 안이 가장 들썩이는 때는 탈락자가 무대에서 퇴
장하는 순간이었다. 먼저 사회자가 판결을 내리는 재판

관처럼 마이크에 대고 큰 소리로 외쳤다. "리셋!" 뒤를 이어 관객들이 팔을 흔들며 구호를 외치듯 소리쳤다. "리셋! 리셋!" 극장이 떠나갈 듯한 그 소리는 현주의 귀청을 때렸다. 그러나 정작 현주 자신이 내는 목소리는 들리지 않았다.

공연이 끝나고 실내등이 켜졌을 때 현주는 발밑에 내려놓았던 종이컵을 챙겨들었다. 그 컵을 극장 로고가 잘 보이도록 멀리 든 다음 핸드폰으로 사진을 찍었다. 로언이 현주를 흘끗 바라보았다. 현주가 길을 가다가 멈춰 서서 사진을 찍고 또 기념품점에 들를 때마다 로언은 으레 재촉하는 눈빛을 보내곤 했다. 아마 SNS에 올린다고 생각하는 모양이었다.

그러나 현주는 온라인 소통에 관심이 없었고 자신의 모습은 발등이나 손가락 하나도 찍지 않았다. 갔던 장소나 보았던 물건만을 사진에 담았고 때로 거리의 소음과 버스킹과 공원의 새소리를 핸드폰에 녹음했다. 그것은 현주가 나중에 극본을 쓰기 위해 디테일을 기록해두는 메모의 한 방식이었다. 기념품을 구경하는 것도 소품에 대한 아이디어를 얻기 위해서였다.

마지막으로 붉은색 객석 의자를 핸드폰에 담고 있던 현주는 갑자기 어깨를 움츠렸다. "리셋!" 로언이 그만 끝내라는 뜻으로 현주의 귀에 대고 작게 속삭였던 것이다. 사진에만 집중했던 탓인지 현주에게 그것은 너무 돌발적이면서 단호하게 들렸다. 왼쪽 귀는 여전히 아무것도 듣지 못했다.

　로언의 집에 돌아와 한 사람씩 샤워를 마친 뒤 나란히 소파에 앉은 현주와 로언은 술이 부족하다는 데에 동의했다. 로언이 싱크대 위쪽 선반에서 이 리터짜리 갈색 병을 꺼내들고 맥주를 사러 나갔다. 손잡이가 달린 그 병에는 현주가 이 도시에 도착하던 날 밤 그들이 함께 갔던 동네 술집 이름이 새겨져 있었다. 그때도 술이 부족해서 문 닫는 시간이 되자 병에 담아 사왔다. 현주는 오늘까지만 술을 마시고 내일부터 이명 치료약을 먹을 생각이었다.
　귀에 이상을 느낀 것은 출국을 보름쯤 앞둔 저녁이었다. 침대 헤드에 기대앉아서 랩톱으로 미국 드라마를 보고 있었다. 여자 주인공이 수상쩍은 남자에게 휘둘리는 걸 조마조마한 마음으로 지켜보던 현주는 여자가 결국 남자의 꼬임에 빠져 범죄에 가담하는 장면에서 그만 "안 돼!" 하고 소리치고 말았다. 그러면서 자기도 모르게 고개를 흔들었는데 귀에서 연속적으로 윙윙 소리가 울렸다. 유리병을 닦을 때 물을 담아 흔드는 소리 같았다.

다음날 동네 이비인후과에 갔다. 보청기 광고 화면을 보며 순서를 기다리던 현주는 간호사의 안내를 받아 검사실에 들어갔다. 의자 하나만 놓인 비좁은 공간에 헤드폰 한 개가 걸려 있었다. 간호사가 리모컨 같은 물건을 손에 쥐여주며 말했다. "헤드폰을 쓰시고 소리가 들리면 그때마다 버튼을 누르세요."

현주는 소리에 집중했다. 어떤 소리는 들리는 것 같기도 하고 아닌 것 같기도 해서 그걸 가늠하는 사이 순서가 넘어가버렸다. 몇 번 그러다보니 무슨 기척이 느껴진다 싶으면 반사적으로 버튼을 누르게 되었다. 점점 검사 결과를 믿을 수 없다는 생각이 들었지만 그렇다고 뭔가가 크게 잘못될 것 같지도 않았다.

의사는 돌발성 난청이라며 약을 처방해주었다. 심각한 건 아니라 해도 귀는 예민한 기관이라 주의하지 않으면 자칫 청력을 잃을 수 있다고 경고했다. 현주는 착한 아이처럼 얌전히 고개를 끄덕였다. 술을 마셔도 되는지 궁금했지만 그냥 입을 다물었다.

이비인후과에 마지막으로 갔던 날 의사는 청력이 돌아와 다행이라며 검사 결과가 적힌 그래프를 보여주었다. "낮은 음역대가 아직 불안정하지만 차차 회복될 거예요. 근데 어지럽진 않죠? 어지러우면 언제든 바로 병원에 오셔야 합니다. 위험한 상태일 수도 있거든요." 네, 하고 대답하면서 현주는 다음주에 비행기를 타도 되는지 묻지 않기를 잘했다고 생각했다.

일주일분 약을 더 처방받았지만 약국에는 가지 않았다. 그전에 받은 약도 제대로 챙겨 먹지 않아 반 넘게 남았다. 그 약 봉투는 지금 현주의 캐리어 안에 들어 있었다.

로언은 양손에 술병을 하나씩 들고 돌아왔다. 2월의 밤공기가 차가운지 패딩 점퍼에서 싸늘한 기운이 느껴졌다. 핸드폰으로 한국 뉴스를 읽고 있던 현주는 소파에서 천천히 일어났다. 로언이 탁자 위에 술병을 내려놓으며 현주의 얼굴을 바라보았다. "무슨 걱정 있어?" "아니. 한국에 감염자가 계속 늘어나고 있나봐." "아, 난 또." 로언

은 별거 아니라는 표정으로 점퍼를 벗어 현관 앞 옷걸이
에 건 다음 술병을 가리켰다. "이건 우리 지난번에 마셨
던 아이피에이야. 그리고 이건 페일에일인데 너 한번 맛
보라고 사왔어." 로언은 그것들이 그 지역 브루어리에서
양조한 신선한 맥주임을 강조했다. 관광객들이 즐겨 찾
는 브루클린 브루어리 맥주와는 맛이 다를 거라는 말도
잊지 않고 덧붙였다.

　유리잔 두 개는 이미 준비돼 있었다. 현주가 그날 낮에
모리스 주멜 주택의 기념품 코너에서 산 고스트 잔이었
다. 맨해튼에서 가장 오래된 집이라는 그곳은 조지 워싱
턴이 영국과의 전투를 지휘하던 장소였는데 귀신이 나온
다는 소문에 착안해서 유령이 그려진 잔을 팔고 있었다.
두 개를 산 것은 각각에 유령이 반쪽씩 그려져 있어 짝을
맞춰야만 온전한 그림이 되기 때문이었다.

　현주가 유리잔에 술을 따르며 말했다. "우리 금요일에
그 브루어리에서 네 친구들 만나는 거 아니었어? 어차피
거기 가면 마실 거잖아." 로언이 현주를 나무라듯 바라보
았다. "그러니까 미리 테이스팅하라는 거지. 걔들 앞에서
메뉴판 읽느라 끙끙대지 말고. 너 항상 그러잖아." 그게

어때서. 현주는 술잔을 기울이며 속으로 중얼거렸지만 입 밖에 내지는 않았다.

이 도시에 여름철에만 왔던 현주는 각종 공연이 시즌 오프라서 아쉬웠지만 그 대신 다양한 축제를 구경할 수 있었다. 대규모의 화려한 퀴어 퍼레이드와 코니아일랜드 해변에서 열리는 인어 퍼레이드, 그리고 거버너스섬 전체가 1920년대로 돌아가는 재즈 에이지 론 파티. 모두 로언의 친구들과 함께 간 곳이었다.

그런 자리에는 로언의 친구들만이 아니라 그들의 파트너나 다른 친구들도 함께 어울렸다. 현주는 매번 다른 조합으로 출몰하는 외국인들의 얼굴과 이름을 잘 기억하지 못했다. 무엇보다 오가는 대화 내용을 잘 알아듣지 못하니 정보가 파편적으로 귀에 들어왔고 그것들을 연결해 각자의 신상을 파악하기란 쉽지 않은 일이었다. 말없이 웃는 표정을 최대한 자연스럽게 짓고 있는 게 현주의 최선이었다. 그러나 이 도시의 사람들을 친밀한 분위기에서 관찰할 기회였기 때문에 그런 자리가 싫지 않았다.

현주가 친구들의 이름을 헷갈릴 때마다 로언은 이해할 수 없어했다. "몇 명이나 된다고 그걸 못 외워?" 그는 현주가 관광객 회화 수준에서 벗어나 본격적으로 영어를 배우지 않는 것도 불만이었다. 그 때문인지 이제는 식당 주문이나 티케팅 같은 걸 도맡아 하지 않았고 친구들과 함께 있는 자리에서 현주가 화제를 따라오든 못 따라오든 따로 배려하지 않았다. 현주는 영어를 알아듣는 건 조금 할 수 있었다. 그러나 입을 떼는 순간 자신이 얼마나 바보처럼 보일까 생각하면 말하는 것은 그다지 배우고 싶지 않았다.

"내가 퀴즈를 내볼게." 로언이 현주의 빈 잔에 술을 채우면서 말했다. "알아맞히면 이 술을 마실 수 있어. 오케이?" 현주는 무심코 고개를 끄덕였다. "브루어리가 자기 회사랑 가까워서 좀 일찍 도착할 거라던 친구가 누구였지?" "라일리?" "맞았어." 로언이 빙긋 웃었다. "그럼 베이비시터를 새로 구해야 나올 수 있다고 했던 친구는?" "주드?" "앨런이지. 주드는 남자잖아. 애도 없고." 남자라고 양육자가 아니란 법 있느냐고 하고 싶었지만 그 대신 현주는 변명하듯 로언에게 대꾸했다. "내가 주드를 왜 몰라. 이상하게 그 둘은 이름이 헷갈려." "그게 다 네가 영어 이름에 안 익숙해서 그래. 센스가 없는 거라고." 단

정적인 로언의 말에 현주는 별다른 반응을 보이지 않았다. 사실 이 나라의 작가나 배우의 이름은 현주가 로언보다 훨씬 더 많이 알았다.

처음 로언이라는 이름을 듣고 현주는 곧바로 윌리엄 포크너의 집이었던 로언 오크를 떠올렸다. 포크너의 소설책에서 연보와 함께 실린 로언 오크의 사진을 본 적이 있었다. '로언'이 마가목을 뜻하고 빨강의 의미로도 쓰인다는 걸 알고 난 뒤에는 그 단어가 더욱 인상적으로 새겨졌다. 그러나 로언의 이름은 유학 수속을 대행한 어학원에서 그의 한국 이름인 '노원'과 발음이 비슷한 이름을 찾아낸 것뿐이었다. 로언은 윌리엄 포크너가 누구인지도 몰랐다.

나중에야 그 사실을 알게 된 현주는 이름만으로 그가 책에 관심이 많을 거라고 짐작해버린 자신에게 피식 웃음이 났다. 현주에게 그런 일은 흔했다. 현주는 질문을 던져 정면 돌파를 하기보다는 혼자의 짐작으로 그럭저럭 문제를 풀어나가는 쪽이었다. 그렇게 해서 도달한 자신의 답을 믿기 위해 애써 상상력을 보태고 인내심을 끌어냈다. 오독은 피할 수 없는 일이었다.

지금까지 만나온 남자만 해도 그랬다. 용기와 결단력이 있다고 생각했던 사람이 무책임한 허세꾼이었고, 소심하고 이기적인 사람을 순수하다고 오래 착각한 일도 있었다. 그럼에도 현주는 자신의 판단을 믿지 못하는 채로 주어진 관성에 끌려다녔다. 의심을 하면서도 눈앞의 경로를 향해 계속 걸었고, 그러다보면 너무 멀리 와버려서 그 길이 맞는다고 믿는 데에 진심을 다할 수밖에 없었다.

그러지 않았다면 뭔가 달라졌을까. 별로 차이는 없을 것 같았다. 자신이 플롯을 이끌어가는 주인공이 아니라는 생각에 익숙해져 있는 현주에게는 오랫동안 해온 착한 조연이 마음 편했다.

로언은 친구들 이야기를 계속하고 있었다. 목소리가 점점 더 웅웅거려서 현주는 고개를 옆으로 돌리고 오른쪽 귀를 그에게 가까이 가져갔다. 로언의 친구들 중에서 현주가 가장 편하게 생각하는 사람은 아내가 한국인인 주드였다. 주드는 아내가 이 나라에 온 지 일 년 만에 그녀와 결혼했다. 아내와 처음 어떻게 만나게 됐는지 비밀로 했지만 친구들은 모두 그녀가 주드가 강사로 일하는 어학원의 학생이었을 거라 짐작하고 있었다. 한국에서 이름이 잘 알려지지 않은 걸 그룹 멤버였다는 그녀에게 주드는 첫눈에 반했던 게 틀림없었다.

"그거 기억나?" 로언이 빈 술잔을 식탁에 내려놓으며 물었다. "너한테 한국에서 구해다 달라고 한 물건 있었 잖아. 주드의 부탁이라면서." 현주가 기억하기로 그것은 사실 주드가 아니라 주드 아내의 부탁이었고, 그녀가 애 타게 갖고 싶어하는데 이곳에서는 구하기 어렵다는 귀한 물건은 귀이개였다.

로언이 술을 따르다 말고 갑자기 현주를 빤히 바라보 았다. 그러고는 고개를 옆으로 돌린 채 줄곧 맥주잔만 내 려다보고 있는 현주에게 퉁명스럽게 말했다. "지금 무슨 생각 하는 거야?" 현주의 귀에 그 목소리는 희미한 삐 소 리에 섞여 들려왔다.

숙소로 가겠다며 자리에서 일어나는 현주를 로언은 뜨 악한 표정으로 쳐다보았다. 현주는 잠옷 차림이었고 욕 실에는 그녀의 세면도구와 화장품 파우치가 꺼내어져 있 었다. "약을 안 가져왔어." "무슨 약?" "수면제. 시차 땜 에 필요해." 현주가 욕실로 들어가 옷을 갈아입고 물건을

챙겨 나오는 동안 로언은 현주의 움직임을 묵묵히 지켜
보고 있었다. 그러나 현주가 왼쪽으로 고개를 기울이고
왼쪽 귀에 계속 손을 올리고 있는 건 눈치채지 못했다.
로언의 집을 나오기 전 현주는 잠깐 망설였지만 역시 더
이상은 아무 말도 하지 않기로 마음먹었다. 이명 약을 먹
으면 금세 괜찮아질 일이었다. 문제가 해결된 다음에는
경위를 설명하기도 쉬울 터였다.

2

　현주는 혼자 여행을 다닐 만큼 적극적인 성격이 아니
었다. 삼 년 전 여름 이 도시에 온 것은 큰아버지가 살고
있기 때문이었다. 큰아버지의 회갑연에 대신 참석하라며
아버지가 비행기표를 마련해주었다. 첫 해외여행이었다.
　현주의 아버지는 어머니가 살아 있을 때는 무심한 가
장이었는데 재혼을 한 이후 오히려 현주에게 좋은 아버
지가 되려고 신경을 쓰는 것 같았다. 고등학교를 마치고
직장에 다니던 현주가 대학에 들어간 것도 그 때문이었

다. 너무 늦긴 했지만 아버지가 어머니의 뜻을 따르기로 마음먹었던 것이다. 현주는 나이 많은 학생이 적지 않다는 한 예술대학의 극작과에 지원했다. 꿈이나 재능이 있어서라기보다 책과 연극을 좋아해서였다.

큰아버지 부부는 퀸스에서 세탁소를 하고 있었다. 현주는 큰아버지 가족이 낮시간에 모두 집을 비운다는 게 마음에 들었다. 여름방학 동안 틀어박혀서 졸업 작품을 쓰기에 더없이 좋은 환경이라고 생각했다. 하지만 계획처럼 잘되지는 않았다. 결국은 큰아버지 가족이 일터로 떠난 텅 빈 집에서 HBO 채널을 틀어놓고 스낵을 집어먹으며 하릴없이 시간을 죽이는 나날이 계속되었다. 공간만 바뀌었을 뿐 한국에서와 비슷한 일과였다. 어느 날 큰아버지의 부탁을 받았는지 맨해튼에 독립해 사는 사촌언니가 연락을 해왔다. 사촌언니는 친구들과의 피크닉에 현주를 데려갔고 현주는 그곳에서 로언을 만났다.

로언은 현주에게 많은 질문을 했다. "거기 가봤어요? 귀신 나오는 전철역? 그냥 통과만 하는 역인데요, 벽에 낙서들 사이로 진짜 귀신 얼굴이 보여요." "루스벨트섬으로 가는 케이블카 안 타봤죠? 그 위에서 보면 도시 풍경이 한눈에 들어와요. 꼭 비 오는 날 가야 해요. 사진이 진짜 멋지게 나오거든요." "그랜드센트럴역에 오이스터 바라고 있어요. 그 식당 옆의 벽을 보면 조그만 구멍이 있는데 거기에다 귀를 대면 먼 데서 오는 소리가 전달되는 거 알아요?" 현주가 웃으며 고개를 저을 때마다 로언은 자기와 함께 갈 곳이 자꾸 늘어난다며 장난스러운 표정을 지었다.

현주는 남은 여행 기간에 로언과 같이 그런 곳들을 구경하며 많은 시간을 보냈다. 그러는 동안 막연히 돈과 힘으로 포장된 상투적 선망의 이미지로 여겨왔던 이 도시에 대해 흥미가 생겨난 것도 사실이었다. 로언이 신중하게 고르고 안내한 장소들, 공원과 식당과 술집과 공연장에서 현주는 환대의 느낌을 받았다. 마치 지금까지와는 전혀 다른 무대에 오른 배우 같은 기분이었고 웬일인지 이번 배역은 주연이었다.

처음에는 모든 것이 순조로워 보였다. 한국에 돌아온 뒤 현주는 졸업 작품으로 이 도시의 낯선 이야기를 썼다. '피크닉'이란 제목이었다. 그 극본이 교내 무대에 올라 좋은 평을 얻었고 문화재단 공모에 뽑혀 지원금도 받았다. 그 일은 출판사 취업 준비를 하던 현주가 대학원으로 진로를 바꾼 실질적인 동기가 되었다. 조건이 좋은 아르바이트 자리도 어렵지 않게 구할 수 있었다. 지도교수에게 자신의 졸업 작품 무대를 보았다는 연출자를 소개받아 다음에 쓸 작품에 대한 이야기를 나눌 때까지만 해도 모든 것이 금방 풀려나갈 듯했다.

문제는 글이 써지지 않는다는 점이었다. 졸업 작품보다 나은 걸 보여줘야 한다는 부담이 컸고 아르바이트에 많은 시간을 뺏기는 탓도 있었다. 글을 쓰기 전 준비가 오래 걸리는 타입이기도 했다.

현주는 항상 자신이 속한 그룹에서 가장 나이가 많았다. 그것이 현주를 조급하게 만드는 건 아니었다. 모든 일에 재빠르지 않은 건 현주의 천성이기도 했다. 과제도 잘 내지 않던 동기가 대학로 무대에 데뷔했다든지 휴학을 거듭하던 동기 하나가 웹 소설 작가로 적지 않은 돈을 벌어들이고 있다는 소식은 현주에게 그다지 큰 자극이 아니었다. 그러나 그 소식을 전해주는 친구들이 특별히 현주를 지목해서 위로와 격려를 보내는 데에는 당혹감이 들지 않을 수 없었다. 친구들은 현주에게 졸업 작품에서 보여준 신선함을 밀고 나가야 한다거나 그와 반대로 이제 학부생이 아니니 원숙한 작품을 내놓아야 한다는 둥 저마다의 충고를 해주었고, 결과적으로 현주를 위축시켰다.

무엇을 써야 할까. 특별한 경험도 없었고 오래 품어온 꿈도, 결핍도, 기억에 남을 만한 기쁨이나 분노도 없었다. 수업시간에 지도교수는 현주에게 자신의 이야기를 써보라고 권했지만 어린 시절은 시시했고 가족과 친구 관계는 평범했다. 시간이 갈수록 자신에게는 딱히 쓰고 싶은 이야기가 없다는 생각만 들었다.

유일하게 숨통이 트이는 것은 로언과 영상통화를 할 때였다. 현주 방의 벽시계 옆에는 이 도시의 시간을 가리키는 또 한 개의 시계가 걸렸다. 열세 시간 늦게 돌아가는 시계는 현주의 일상적 감각을 교란시켰다. 시차가 시간의 평행선을 비틀어 그 위에 올라탄 사람들을 어긋나게 만드는 것 같았다.

현주가 굿 모닝이라고 인사할 때 로언은 피곤한 퇴근길이거나 저녁 모임 자리에 가 있었다. 밤늦게 술에 취한 현주가 긴 이야기를 나누고 싶어하는 바람에 한창 근무

중인 로언이 난처해하는 일도 가끔 일어났다. 당장 할말이 있어도 로언의 시간대부터 먼저 확인해야 했고 아무리 절박한 마음이라도 곧바로는 가닿을 수 없었다. 현주는 늘 시간이 흐르기를 기다리는 동안의 긴박한 단절감과 시간이 지나고 나면 그 절박함의 시효가 끝나고 마는 허탈한 이완, 그 중간 지점에 있었다. 로언이 퇴근 뒤 편하게 얘기를 나눌 수 있는 시간에 맞추기 위해서 종종 수업을 빠지다가 결국에는 혼자서 집중적으로 글을 써보겠다며 휴학계를 냈다. 그리고 영어 공부를 핑계삼아 다시 이 도시로 왔다.

아버지에게 어학연수 학원에 등록했다고 말했지만 거짓말이었다. 아버지는 온순하고 눈치가 있어서 부모 속을 썩인 적 없는 어린 시절의 현주 이상은 알지 못했다. 현주 쪽에서 지원을 요청한 것도 처음이라 쉽게 돈을 내주었다. 현주로서도 난생처음 사고를 친 셈이었는데 의외로 죄책감은 느껴지지 않았다. 어쩌다 전화를 걸어와 안부를 확인하는 아버지에게 거짓말을 할 때마다 웬일인지 스스로가 독립적이고 어른스럽게 여겨졌다. 유일하게 의지할 수 있는 가족을 따돌리는 데에는 얼마간의 짜릿

함마저 있었다. 세상의 눈치를 보지 않고 점수나 평판에도 연연하지 않는 자발적인 아웃사이더가 된 기분이었다.

로언을 만나지 않을 때는 대부분의 시간을 그의 집 가까이에 있는 숙소에 틀어박혀 지냈다. 로언과 함께 다니는 동안 찍은 사진들을 정리하며 그것으로 만들 수 있는 이야기에 대해 많은 생각을 했다. 이따금 이스트강을 따라 동네 산책을 하고 가까운 공원에서 열리는 여름 자선 공연을 구경하고 숙소 앞 카페의 창가 자리에 앉아 지나가는 사람들을 관찰하며 자신의 무대가 눈앞에 펼쳐지는 걸 상상하곤 했다. 하지만 이번에도 역시 계획대로 되지 않았다. 머릿속에 풍경만 조각조각 떠오를 뿐 그 안에서 움직이는 주인공에 대해서는 아무것도 그려낼 수가 없었다.

이듬해에 복학을 했지만 현주는 여전히 무기력했다. 예전에도 현주는 친구들 사이에 유행하는 화제나 관심사, 좋아하는 스타벅스 메뉴가 빠르게 바뀌는 걸 보면서 뒤처진 느낌을 받곤 했다. 이제 그런 것들이 점점 더 피곤하게 여겨졌다. 그럭저럭 수업에는 출석했지만 친구들과 어울리는 일은 갈수록 적어졌다. 습관적으로 항공권을 검색하고 돈을 모으기 위해 아르바이트를 늘렸고, 아니면 시계가 두 개 걸려 있는 자취방으로 서둘러 돌아갔다. 이십대가 끝나면 당장 노인이라도 되는 것처럼 나이드는 데 대해 호들갑을 떨거나 졸업이 다가오는데 아직 진로가 결정 안 됐냐며 걱정해주는 말들이 듣기 싫었지만 막상 혼자 있게 되면 그 말들이 계속 머릿속에서 맴돌았다.

학교 게시판에서 한 문화재단의 창작실 입주 모집 공고를 보고 지원서를 낸 것은 그런 상황에서 조금이라도 벗어나볼까 해서였다. 현주는 새로운 환경에서 자신을 다잡아보려고 단단히 결심했다. 그러나 직장 다닐 때 동료였던 친구가 현주에게 이 도시를 잘 알지 않느냐며 여름휴가를 같이 가자고 제안했을 때 창작실 입주를 포기하는 데에는 오랜 시간이 걸리지 않았다. 그렇게 해서 현주는 이 도시에서 세번째로 여름을 보내게 되었다.

이번에는 아무런 핑계도 지원도 없었다. 사실 반년 만에 다시 오게 될 줄은 현주 자신도 몰랐다. 다만 마지막 겨울방학이었고, 다가오는 여름에 졸업하면 취직을 하든 못하든 당분간 이 도시에 오기 어려울 거라고 생각하니

마음이 답답했다. 이곳에서 구상한 이야기들을 마무리지
어야 한다고 스스로를 설득하는 것은 그리 어려운 일이
아니었다. 그동안 생활비를 아껴가며 꼬박꼬박 모아온
아르바이트비와 직장에 다닐 때 저축한 돈을 모조리 털
어야 했지만 상관없었다.

　현주는 이따금 생각했다. 그 여름 사촌언니를 따라 피
크닉에 가지 않았으면 지금 자신은 어디에 있을까. 그 자
리에는 로언과 라일리, 앨런, 주드가 다 있었다. 주드는
아직 싱글이었다. 주드가 현주에게 관심이 있다는 것은
그 자리의 누구나 알 수 있었다. 현주도 눈치챘다. 주드
는 주의를 기울여서 쉬운 문장으로 말했지만 현주의 회
화 실력으로는 대화가 이어질 수 없었고, 그의 노력이 점
점 불편해지기 시작했던 현주로서는 로언이 한국어로 말
을 걸어주는 게 반가울 뿐이었다.

　그 피크닉에서는 남녀 모두 스스럼없이 잔디밭에 눕고
보냉병 몇 개에 나눠 담은 맥주를 돌아가며 입을 대고 마
셨다. 말하는 사람에게 딱히 집중하지 않았고 위아래나
친소 같은 관계도 잘 구분되지 않았다. 중심인물도 외톨
이도 심부름꾼도 없었다. 말을 잘 알아듣지 못하기 때문

에 더욱 그렇게 느꼈을지도 모른다. 그중에서도 로언이 가장 목소리가 부드럽고 눈썹이 깨끗하고 웃을 때의 눈매가 서늘했다. 그날은 아주 화창한 날이었다. 머리 위에는 푸른 하늘이 끝없이 펼쳐졌고 멀리 잔디밭에서 아이들 노는 소리가 들려왔다. 반짝이는 햇살 아래 신록이 눈부셨으며 나무 그림자 위로 시간은 아주 천천히 흐르고 있었다. 현주에게는 낯설고도 좋은 하루였다.

3

현주는 목요일 하루 동안 약을 챙겨 먹으며 꼬박 침대에만 누워 있었다. 귀를 보호하기 위해서 음악도 듣지 않고 텔레비전도 켜지 않았다. 끼니는 숙소 앞 마트에서 사온 달걀말이와 컵라면으로 해결했다. 몸을 회복하려는 시스템이 작동하는지 신기하게도 잠이 쏟아졌다.

잠에서 깨면 침대에 엎드려 핸드폰으로 한국 뉴스를 검색했다. 헤드라인과 속보 모두 전염병에 관한 것뿐이었다. 첫 감염자가 발생한 지 한 달여 만에 그 숫자가 급

격히 늘어나고 있었다. 개강이 일주일 미뤄졌다는 연락
은 이곳에 오기 전 이미 받았지만 어쩌면 더 미뤄질지도
모르는 일이었다.

아버지에게서 전화가 한 번 걸려왔는데 역시 전염병이
주된 내용이었다. 외출에서 돌아오면 새어머니가 곧바로
옷을 벗겨 세탁기에 집어넣고 욕실로 떠민다며 온 나라
가 잔뜩 겁에 질려 있다고 전했다. 이곳 사람들은 그다지
신경을 쓰지 않더라는 현주의 말에 아버지는 선진국에
대한 덕담을 한마디한 다음, 한국에서는 마스크 사기가
어려우니 부자 나라에서 되도록 많이 구해오라고 당부했
다. 현주는 오른쪽 귀에 핸드폰을 바짝 대고 가까스로 통
화를 마쳤다.

현주가 느끼기에 이명에는 두 가지의 상반되는 증상이
있었다. 귀가 먹먹해져서 자신이 내는 목소리가 들리지
않는 반면 아무데서도 나지 않는 삐 소리를 혼자만 들었
다. 그 소리는 특히 사방이 조용하고 아무도 없을 때 또
렷이 들려왔다. 듣지 않으려고 고개를 저으면 웅웅거리
며 더욱 머리를 울렸다.

로언에게서는 전화가 오지 않았다. 하지만 먼저 연락

하는 건 망설여졌다. 아무 일도 없다고 자연스럽게 말하려면 일단 귀의 상태가 좋아져야 했다. 그렇지 않으면 브루어리에도 갈 수 없을 것이다. 현주는 그 모임에 빠지고 싶지 않았다. 누구를 주인공으로 할지는 결정 못했지만 얼마 전부터 로언의 친구들에 대해 써보기로 마음먹었던 것이다.

라일리와 앨런, 두 여성은 로언의 대학 동창이었다.

라일리는 퀸스 외곽에 있는 사회복지 단체에서 일했다. 언젠가 그녀가 사회복지사들은 보통의 통근자들과 지하철 타는 방향이 반대라고 말한 적이 있었다. 대부분이 변두리 지역에서 일하기 때문이었다. 그걸 기억한 덕분에 현주는 도심에서 떨어진 한적한 지역 브루어리와 라일리의 직장을 연결시켜 로언이 내는 퀴즈를 맞혔었다. 라일리가 주인공이 된다면 아이비리그 출신의 사회복지사 얘기를 쓰게 될까. 하지만 잘 알지 못하는 이야기일 뿐 아니라 현주의 관심사도 아니었다.

거기에 비하면 한국인 이민 2세로 한국말을 거의 못하고 네 살짜리 아이를 키우며 직장에 다니는 앨런은 이야깃거리가 더 많았다. 그녀는 대학교에서 연구 프로젝트

의 예산을 담당하는 부서의 직원이었다. 각자 파티션이
쳐진 책상에 앉아 자기 일만 하는 그 직장을 앨런은 지겨
워했다. 점심시간이 따로 정해져 있는 것도 아니어서 주
로 집에서 싸간 도시락을 혼자 먹었다. 앨런의 남편은 커
뮤니티 칼리지에서 목공을 배우다가 아버지 회사 일을
돕다가 하는 식으로 자주 거취를 바꿨는데 뚜렷한 직업
은 없었다. 한때는 인디밴드의 기타리스트였다. 로언의
친구들 사이에서 코베인이라는 별명으로 불리는 건 그
이유 외에 푸른 눈과 금발이 실제로 커트 코베인과 닮았
기 때문이었다.

현주는 로언의 친구들과 함께 갔던 로커웨이 비치에서
그를 한 번 본 적이 있었다. 두 가지가 한눈에 들어왔다.
눈에 띄는 미남이라는 것과 그 자리에 있는 모든 것에 관
심이 없다는 것. 그런데 조금 자세히 보니 그의 잘생긴
모습에서는 뭔가가 빠진 조악함 같은 게 느껴졌다. 진품
과 잘 만들어진 모조품의 미묘한 차이라고나 할까. 어쩐
지 행동이 어설프고 겉도는 듯이 보이는 것도 그 때문일
지 몰랐다.

앨런이 그에게 잠시 아이를 맡겨놓고 친구들과 함께

랍스터버거를 사서 돌아왔을 때였다. 해변 모래밭에서 코베인 혼자 맥주를 마시고 있었다. 아이는 보이지 않았다. 얼굴이 하얗게 질린 앨런은 그 자리에 주저앉았고, 친구들이 아이의 이름을 외치며 사방으로 흩어졌다. 조금 떨어진 곳에서 조개껍데기를 줍고 있는 아이를 발견해 결국 가벼운 소동으로 일단락되었지만 앨런은 그때부터 맹렬히 술을 마시기 시작했다. 코베인 역시 여전히 바다를 보며 혼자 맥주병을 기울였다. 아이는 친구들이 돌아가며 돌봐야 했다.

코베인이 결혼생활에 별로 관심이 없기 때문에 아이가 앨런의 어머니와 베이비시터 사이를 핑퐁 공처럼 오가고 있다는 건 앨런 자신의 표현이었다. 앨런은 어머니도 시터도 자기 말을 한 번에 알아듣는 법이 없다고 불평하곤 했다. 코베인은 그 두 사람을 합친 것보다 훨씬 심했다. 그래서인지 그녀는 늘 같은 말을 두 번씩 반복하는 버릇이 있었다.

현주의 눈에 앨런은 자기중심적이고 신경질적이며 또 차가워 보였다. 로언은 그녀가 한국말을 못해서 쑥스러워하는 거라고 했지만 현주를 대하는 태도도 쌀쌀했다.

현주가 생각하기에 주인공은 호감이 갈 만한 인물이어야
했다. 그래야만 관객들이 작품에 공감하기가 쉬울 것이
다. 그런 점에서 앨런의 이야기는 그다지 매력이 없었다.

주인공으로는 주드가 가장 적당할지도 모른다. 주드는
로언과 회사 동료로 만난 사이였다. 로언이 첫 직장을 그
만두고 로스쿨에 간 뒤 한동안 연락이 끊겼다가 브라이
언 파크의 야외 콘서트에서 우연히 마주쳤다. 그사이 주
드도 퇴사해 헌터 칼리지 어학원에서 외국인에게 영어
를 가르치고 있었다. 로언은 주드에게 그곳에 페루 출신
강사가 있지 않느냐고 물었다. 몇 년 전 어학연수를 왔던
한국의 먼 친척에게서 그 문법 선생에 대해 들었던 기억
이 떠오른 것이었다. 주드는 가깝게 지내는 동료라며 신
기해했다.

별것도 아닌 그 우연이 대화를 길어지게 만들었다. 로
언의 명함을 받아든 주드는 NGO를 때려치우고 로펌 변
호사가 된 데에 뒤늦은 축하를 보냈고, 로언은 드라마나
영화에서 보는 법정 변호사 같은 게 아니고 자신은 은행
거래 때 공증인 비슷한 일을 한다며 손을 내저었다. 주드
는 얼마 안 가 로언의 친구들과도 친밀한 사이가 되었다.

로언은 딱 한 번 주드를 안 좋게 말한 적이 있었다. 옐로 피버에 대해 이야기할 때였다. 피크닉에서 처음 만난 날 현주에게 지나치게 친절했던 걸 아직까지도 마음에 두고 있는 모양이었다. 현주의 이야기에 주드가 주인공으로 등장하면 분명 로언은 불쾌해할 것이다. 어쨌든 아직까지는 세 친구 중 누구도 주인공이 아니었다.

금요일이 되었는데도 이명 증상은 조금밖에 나아지지 않았다. 귀를 막고 말을 해보았더니 오른쪽과 왼쪽 귀에 들리는 소리가 확연히 차이가 났다. 그러나 현주는 한참을 생각한 끝에 결국 로언에게 문자를 보내 싱글컷 브루어리의 위치를 물었다. 곧바로 답장이 왔다. 퇴근하고 회사 앞에서 만나 간단히 저녁을 먹고 함께 출발하자는 내용이었다. 현주는 그제서야 브루어리에 가더라도 술을 마시지 말아야 한다는 걸 떠올렸다.

오전 약을 먹고 나서 현주는 싱크대와 침대를 정리하고 일찌감치 외출 준비를 했다. 먼저 핸드폰의 지도 앱을 열고 동선을 짰다. 양키스 기념품점에서 모자를 산 다음 줄리아드 음대에 들러 대학 로고가 찍힌 에코백을 살 생각이었다. 모자는 양키스 팬인 아버지에게 줄 선물이었고 에코백은 전에 이 도시에 함께 왔던 친구가 망설이다가 사지 못한 게 두고두고 아쉽다며 부탁한 것이었다. 아버지의 당부대로 드러그스토어에 들러 마스크도 사야 했다.

4

지하철 안에 마스크를 쓴 사람은 아무도 없었다. 현주는 지하철역을 나오자마자 손부터 씻고 싶었지만 양키스 기념품점까지 걸어가는 동안 개방된 화장실은 어디에도 보이지 않았다.

기념품점은 지하였다. 모자를 사 들고 계단을 올라온 현주는 옆 건물의 책방 간판 앞에서 걸음을 멈췄다. 입간판에 'Old and Rare'라고 적혀 있었다. 이 도시에서 책방을 그냥 지나친 적이 없는 현주는 문을 열고 들어갔다. 먼저 곳곳에 늘어져 있는 초록 갓의 고풍스러운 전등이 눈에 들어왔다. 낡은 나무 계단이 지하실에서 이층 서가까지 이어져 있어 독특한 분위기가 풍기는 장소였다. 오래된 팸플릿과 지도, 스케치, 그리고 각기 다른 가격이 매겨진 유명인들의 사인이 비닐에 싸여 낱장으로 쌓여 있기도 했다. 마치 시간의 저장고에 들어온 기분이었다.

현주는 매대에 깔려 있는 책 가운데 한 권을 집어들었다. '더 스토리텔러'라는 제목의 그림책이었다. 표지에는 기차 창가에 서로 등지고 앉은 중년 여인과 신문을 읽는 남자가 그려져 있었다. 기차 안에서 떠드는 세 아이가 있다. 아이들의 소란을 가라앉히기 위해 중년 여인은 이야기를 들려준다. 곤경에 처한 아이가 착하기 때문에 도움을 받는다는 따분하고 뻔한 이야기다. 그것은 아이들을 조용히 만들지 못한다. 그때 남자 승객이 여인에게 말한다. 당신은 그리 재미난 스토리텔러는 아닌 것 같군요. 그리고 남자가 들려주는 이야기가 시작된다. 남자의 이야기 역시 착한 소녀가 주인공이지만 아이들은 흥미롭게 귀를 기울인다. 무엇이 달랐을까.

계산대 앞에서는 한 할머니가 점원인 듯한 남자와 얘기를 나누고 있었다. 현주가 책을 내밀자 남자가 아닌 할머니가 포스기 앞으로 다가왔다. 흘러내린 안경을 추어올리며 할머니는 현주에게 어느 나라에서 왔냐고 물었다. 이 도시에서 누군가 현주에게 말을 걸어올 때 가장 먼저 던지는 질문이었다. 그리고 그것은 현주가 여행객으로 보인다는 뜻이었다.

현주의 머릿속에는 똑같은 질문을 했던 그리니치빌리지의 책방 점원이 떠올랐다. 그 지역은 작가들의 거리라는 이름에 걸맞게 찻집이나 술집에 그곳을 다녀간 작가들의 사진이 걸려 있었다. 노먼 메일러나 잭 케루악, 제임스 볼드윈. 현주에게 그들은 시간 저 너머의 작가들이었다. 그러나 우연히 들어간 작은 책방에서 교양 수업 시간에 읽은 적 있는 폴 오스터의 사인본을 발견하고는 흥분하지 않을 수 없었다. 현주가 책방에 들어설 때부터 눈을 떼지 않고 지켜보던 점원이 미심쩍은 표정으로 어느 나라에서 왔는지 묻지 않았다면 구십팔 달러를 내고 그 책을 샀을지도 모른다. 만약 그의 질문이 그 작가를 아느냐든가 읽어본 적 있느냐는 식이었다면 그 결정은 더욱 빨라졌을 것이다. 현주가 말없이 사인본을 다시 책꽂이에 꽂았을 때 점원은 곧바로 다가와 그 책을 집어들었다. 그러고는 유리문이 달린 책장에 넣고 자물쇠를 잠갔다.

한국에서 왔다는 현주의 대답에 할머니는 "오우!" 하며 별 의미 없이 눈을 크게 뜨더니 좋은 책을 골랐다고 덕담을 던졌다. 여행객에게 보내는 공식적인 친절이라고 현주는 생각했다. 할머니가 뭔가 한마디 더 말을 붙였을 때는 귀에서 삐 소리가 들려오는 바람에 듣지 못했다. 할머니를 향해 애매하게 웃어 보인 뒤 곧바로 책방을 나와야 했다.

거리를 걷는 내내 눈에 띄는 대로 마트와 드러그스토어에 들러보았지만 마스크는 구할 수 없었다. 어떤 점원들은 물건이 없다는 사실조차 몰랐다. 혹시 다른 데에 진열돼 있냐고 물으면 "거기 있는 게 다예요"라고 대꾸했고, 언제 물건이 들어오는지 물으면 하나같이 "계획에 없어요" 하고 가버렸다. 마치 그걸 왜 사려고 하는지 모르겠다는 태도였다. 현주에게 중국인이냐고 물었던 점원은 이마를 찡그리며 "아임 소리"라고 했는데 그 말은 미안함이 아닌 애석함의 용법 같았다.

줄리아드의 에코백을 산 다음 현주는 점심을 때우기 위해 센트럴파크 근처의 베이커리에 들어갔다. 몇 블록마다 한 개씩 지점이 있는 그 베이커리의 계산대에서는 초록색 에이프런을 두른 여자 점원이 주문을 받고 있었다. 이름표에 적힌 레이철이라는 글자가 눈에 들어왔다. 현주는 진열대에 있던 참치샌드위치를 생수와 함께 쟁반 위에 담아 계산대로 갔다.

줄을 선 사람은 현주까지 세 명이었다. 현주 앞의 여성은 헤링본 체크의 모직 코트를 입고 긴 금발을 늘어뜨린 백인 여성이었다. 레이철은 그녀에게 친절했다. 그들은 꽤 길게 얘기를 나누었다. 레이철이 브리티시 발음 같은데 어디에서 왔냐고 묻자 그 여성은 꼭 집어서 "잉글랜드"라고 대답했다. 레이철은 또 영화에서 본 런던 탑과 고성들이 멋지더라고 말했고, 그 말을 들은 잉글랜드 여성은 눈썹을 치켜올린 채 "섬타임즈"라고 대꾸하며 가볍게 어깨를 추어올렸다.

잉글랜드 여성이 계산을 하려다 말고 그 옆의 바구니에 담겨 있는 사과를 가리켰다. 레이철은 물론이죠, 라며 사과 한 알을 집어들었다. 현주가 이 도시에서 의아하게 여기는 점 중 하나가 사람들이 노점에서 산 과일을 그 자리에서 아무렇지 않게 먹는 것이었다. 거리의 먼지가 내려앉고 남들의 손을 탄 과일을 껍질째 베어 무는 모습을 여러 번 보았다. 흐르는 물이나 베이킹 소다로 세척해서 먹는 것 아니었나. 레이철이 계산대 옆 싱크대로 가서 잉글랜드 여성의 사과를 흐르는 물로 씻은 다음 여러 겹의 종이 냅킨으로 싸서 건네는 걸 본 현주는 입안이 깨끗해지는 기분이었다.

그러나 차례가 된 현주가 사과를 가리키자 레이철은 무표정하게 사과 한 알을 집어 그것을 곧바로 현주의 샌드위치가 든 종이봉투 속에 떨어뜨렸다. 그런 다음 포스기를 현주 쪽으로 돌려 거기 찍힌 액수를 보여주었다. 말은 한마디도 건네지 않았고 눈도 마주치지 않았다. 현주도 말없이 신용카드를 건넸다. 관광객은 열린 문 밖에 선 채로 피상적인 환대를 받는다. 그러나 관광객도 계급이 나뉘며 그 편견이 작동하면 이방인에게는 그마저도 적용되지 않는다. 그리니치빌리지에서 그랬듯 눈앞에서 그 문을 닫아버리는 것이다.

식당에서 로언을 만났을 때 현주는 자신의 표정이 굳어 있는 걸 알지 못했다. 피곤해 보인다는 로언의 말에 황급히 웃음을 지으며 쇼핑을 좀 했더니, 하고 대꾸했다. 온종일 찾아다녔지만 마스크를 한 장도 구하지 못했다고 말하자 로언은 이곳 상점들은 빈 매대에 다시 물건이 채워지기까지 오랜 시간이 걸린다며 아마존에 주문하는 편이 빠르다고 조언했다. 기념품 파는 곳을 알려주는 듯한 말투였다.

5

현주가 로언과 함께 브루어리에 도착했을 때 친구들은 구석의 넓은 자리를 차지하고 이미 두번째 잔을 비워가던 참이었다. 라일리와 앨런이 현주에게 가볍게 눈인사를 건넸다. 주드는 활짝 웃으며 말했다. "안녕, 현주. 겨울옷 입은 모습은 처음 봐요. 그거 한국에서 유행하는 옷이에요?" 대학 입학 때 산 그 코트 한 벌로 몇 번의 겨울을 났던 현주는 짧게 생큐라고 대답했다. 로언은 파카를 벗어 의자 등에 걸쳐놓은 뒤 그대로 그들과 합류했고 현주는 먼저 화장실을 찾아들어갔다.

손을 씻고 돌아온 현주는 로언의 왼쪽 구석자리에 가앉았다. 그리고 로언이 맥주 종류가 빽빽이 적힌 메뉴판을 건네며 눈을 마주쳐왔을 때 곧바로 페일에일을 주문했다. 한 잔쯤은 괜찮을 것 같았다. 페일에일은 로언의 집에서 마셨을 때보다 더욱 신선하고 향이 풍부해 부드럽게 목을 타고 넘어갔다. 현주는 맥주를 조금씩 홀짝이며 그 자리의 대화에 귀를 기울이기 시작했다. 알아들은 단어와 구문들을 꿰맞추는 리스닝을 이번에는 한쪽 귀로 해야 했다.

앨런은 말이 빨랐지만 두 번씩 되풀이하는 버릇이 있어서 알아듣는 데 도움이 되었다. 그녀는 요즘 직장의 한 여성 동료 때문에 스트레스를 받고 있었다. 그 여성은 환경보호를 위해 자전거로 출퇴근하고 유니세프와 동물보호 단체에 정기적으로 후원금을 내는 한편으로 아시아 여성들이 의존적이고 미성숙하다는 편견을 갖고 있었는데, 걸핏하면 앨런의 말투를 흉내내며 어린애 같다고 은근히 비아냥댄다는 거였다.

얼마 안 가 앨런의 화제는 육아의 어려움으로 건너갔다. 아이가 누굴 닮았는지 동화책을 읽어주면 제목과 작가 이름까지만 듣고 곧바로 잠들어버린다고 하자 누군가 너바나를 한번 들려줘보라고 대꾸했다. 할머니가 교회에 데리고 다녀서인지 찬송가 외에는 좋아하지 않는다는 앨런의 말에 모두 웃음을 터뜨렸다. 동화책을 읽어줄 때 작가 이름을 먼저 읽는구나. 현주는 그걸 기억해두려고 잠시 앨런의 얼굴을 바라보았다. 한순간 눈이 마주쳤는데 앨런 쪽에서 시선을 피했다. 앨런은 현주에게 먼저 말을 건 적이 한 번도 없었다.

아이를 어머니 집에 맡기고 오느라 자동차를 가져왔다는 앨런은 맥주를 한 잔밖에 마시지 않았다. 그뒤로는 계속해서 물만 마셨다. 나머지 사람들은 싱글컷 브루어리에서 양조한 맥주 종류를 다 마셔볼 셈인지 좀처럼 일어날 기미를 보이지 않았다. 금요일답게 손님들로 북적였지만 그 술집에 그들처럼 한자리에 오래 앉아 있는 사람들은 없는 것 같았다.

현주도 벌써 석 잔째였다. 두 잔을 마시고 나자 그다음 잔을 마시기로 결정하는 건 쉬웠다. 어설픈 리스닝과 이야기 채집도 거기까지였다. 현주는 혼자 생각에 잠겨 술잔을 비워갔다.

건너편 벽에 그곳 브루어리의 기념품이 걸려 있었다. 티셔츠와 모자, 코스터 같은 물건들이었고 브루어리 이름에 걸맞게 모두 싱글컷 기타가 인쇄되어 있었다. 현주는 그것들을 가까이에서 보고 사진을 찍기 위해 일어났다. 현기증과 가벼운 메스꺼움이 느껴졌다.

로언 쪽을 흘낏 돌아보니 며칠 전에 가본 롱아일랜드의 겨울 와이너리가 괜찮더라는 말을 하고 있었다. 처음 듣는 이야기였다. 세 군데 와이너리를 들렀는데 모두 분위기 있고 와인맛도 좋았다고 큰 소리로 말하는 로언의 얼굴이 어쩐지 낯설었다. 마치 얘기를 나누고 있는 그들끼리만 일행이고 자신은 이방인이 된 기분이었다. 현주가 이 도시 사람이 아니어서도, 아이와 직장 등이 현주와 거리가 먼 화제여서도 아니었다. 그건 한국에 있을 때도 종종 느끼던 감정이었다. 조명이 비치는 무대에서 자신만이 일행에게서 떨어져나와 어둠 속에 앉아 있는 잊히거나 제외된 존재 같았다. 지금은 로언마저 그 일행에 속해 있었다.

자리로 돌아온 현주는 네번째 잔을 주문해서 마시기 시작했다. 어지러움이 쉽게 가시지 않았고, 실내에 흐르는 록 음악 외에는 아무 소리도 듣고 있지 않았다.

갑자기 대화 소리가 끊어지고 주변이 조용해졌다 싶은

순간이 있었다. 현주가 고개를 들어보니 일행 모두가 자신을 바라보고 있었다. 현주는 어리둥절한 표정으로 로언에게 시선을 돌렸다. 그가 영어로 뭔가 설명하고는 다시 한국말로 나지막하게 덧붙였다. "주드가 묻고 있잖아. 정말 한국에서는 모든 남편들이 화장실 청소를 도맡아 하냐고. 자기 와이프가 그러더래." 현주는 대답하려고 했지만 적당한 영어 구문이 떠오르지 않았다. 로언은 도와주려는 기색 없이 그들과 똑같은 표정으로 현주를 바라보며 대답을 기다리고 있을 뿐이었다. 마침내 현주는 눈썹을 치켜올리며 "섬타임즈!"라고 대답했다. 주드가 그것 보라는 듯 친구들을 향해 얼굴을 찡그린 채 어깨를 추어올렸고 로언을 포함한 세 사람은 큰 소리로 웃었다. 현주는 웃지 않았다.

모두 자리에서 일어났을 때 현주는 자리가 파하는 줄로만 알았다. 취한 김에 한 사람씩 포옹하며 작별 인사를 했다. 라일리에게 다가가자 그녀는 문득 생각난 듯이 현주의 사촌언니 이야기를 꺼냈다. 사촌언니는 현주를 피크닉에 데려간 뒤 얼마 안 가 워싱턴주로 직장을 옮겼다. 라일리가 다음주에 그곳으로 출장을 가게 되어 사촌언니와 만나기로 했다는 거였다. 안부 전할게, 라는 라일리의 말에 현주는 얼굴에 웃음을 잃지 않은 채 사운즈 굿, 이라고 대꾸했다.

브루어리를 나온 일행은 함께 주택가를 걸어 두어 블록을 이동했다. 지하철역 쪽이 아니라 다른 방향 같았다. 뒷길로 접어들자 간판에 불이 밝혀진 작은 술집이 나왔다. 현주가 로언에게 작게 물었다. "우리 지금 어디 가는 거야?" "2차. 아까 여기 오기로 얘기하고 일어났잖아. 너도 아는 줄 알았지." "말 안 해주면 내가 어떻게 알아." 현주의 말에 로언은 답답한 표정을 지었다. "네가 고개도 끄덕이고 잘 웃잖아. 뭘 알아듣고 뭘 못 알아들었는지 파악이 안 되니까 내가 어디서부터 해석해줘야 하는지 애매하다구." "그러네." 현주는 하는 수 없이 고개를 끄덕였다.

새로운 술집에서는 각기 칵테일이나 위스키를 마셨다. 좁은 공간에 손님들이 가득차 있었다. 모두 다 마스크를 쓰거나 손을 씻는 일 따위에는 전혀 관심이 없어 보였다. 현주는 재난의 그림자가 점점 가까이 다가오고 있는 도시에서 이 세계가 절대 무너지지 않는다는 걸 과시라도 하듯 파티를 벌이는 연극 장면을 상상하며 위스키 잔을 끌어당겼다.

일일이 끌어안고 작별 인사를 마친 사람들과 다시 머리를 맞대고 앉아 있으려니 어색하기도 했고 대화를 들으려 하기에는 이미 취한 상태였다. 술잔을 비우는 것 말고 달리 할일이 없었다. 점점 소리가 멀어졌다. 한국이란 말을 얼핏 들은 것 같아서 고개를 돌려보니 주드가 한국에서 처가 식구들과 갔던 해산물 식당에 대해 떠들고 있었다. 투명한 냄비 뚜껑 아래에서 살아 있는 문어와 새우들이 꿈틀거리고 장인이 산낙지를 권하는 장면에서 모두가 "디스거스팅!" "이우!" 하며 얼굴을 찡그리는 게 눈에 들어왔다. 그들도 현주 못지않게 취한 듯했다.

취한 현주는 자신이 앞으로 무엇을 쓸 수 있을까 생각했다. 이 도시에 대한 이야기는 쓰지 못할 게 확실했다. 이곳은 모두에게 열려 있는 듯하지만 문이 하도 많아 좀처럼 안쪽으로 들어갈 수는 없는 도시, 언제까지나 타인을 여행객으로 대하고 이방인으로 만드는 도시였다. 처음에는 환대하는 듯하다가 이쪽에서 손을 내밀기 시작하면 정색을 하고 물러나는 낯선 얼굴의 연인 같았다. 그것은 현주가 쓰고 싶은 이야기가 아니었다. 이제 핸드폰 속의 사진도 다 지워버릴 테고 기념품도 버릴 것이다. 로언의 집에 고스트 유리잔을 두고 온 건 잘된 일이었다. 잠옷은 찾아와야 했다. 로언이 그 잠옷을 그들이 같이 보낸 시간과 함께 둘둘 말아 커다랗고 검은 쓰레기봉투에 던져 넣을 게 틀림없었다.

사촌언니에 대해서도 생각했다. 라일리는 사촌언니에게 친구들의 안부를 전하며 분명 로언과 현주의 이야기를 할 것이다. 그게 사촌언니로부터 큰아버지에게 전해지고 다시 아버지에게까지 전해지는 과정이 어렵지 않게 그려졌다. 현주는 위스키 잔을 단숨에 비웠다. 어지러움이 점점 심해졌다. 어쩐지 추운 것 같고 열도 있는 것 같았다. 이곳에서 병이 들더라도 아버지는 찾아오지 않을지 모른다는 생각을 했던 것도 같은데 그뒤로는 아무 기억도 나지 않았다.

그다음부터는 로언의 기억이었다. 취한 현주는 로언과 함께 가지 않겠다고 고집을 부렸다. 자신은 이제 그만 퇴장을 해야 하며 그래서 로언과는 가는 방향이 완전히 다르다고 혀 꼬부라진 영어로 주장했다. 멀지 않은 곳에 앨런의 차가 있었으므로 로언은 현주를 부축해서 그곳까지 데려갔다. 현주는 비틀거리는 와중에도 한 손을 들어올리며 "리셋!"이라고 계속 중얼거렸다. 로언 역시 취했고 화가 많이 난 상태였다.

현주가 목이 말라 눈을 뜬 곳은 어두운 방이었다. 방바닥에 요를 깔고 누워 솜이불까지 덮고 있었다. 발치께에서 희미한 빛을 내는 자개 문갑이 눈에 들어왔다. 현주는 자신이 막 꿈에서 깨어난 것인지 아직 꿈속인지 얼른 가늠이 되지 않았다. 눈을 몇 번 깜박인 다음 검은 천장 위에 흩어진 형광 별 스티커들을 물끄러미 바라보았다. 어린 시절 현주의 방 천장에도 어머니가 붙여준 별들이 있었다. 짙은 어둠 속에 누워 현주는 잠시 자신이 어린 시절로 돌아간 것일까 하는 생각을 했다. 금방이라도 어머니가 방문을 열고 들어와 다정하게 얼굴을 내려다볼 것 같았다. 입을 열면 우리 착한 딸이라고 말할 게 분명했다. 현주의 눈앞에는 병상에서 죽어가던 어머니가 아닌 젊은 시절 어머니의 모습이 생생하게 떠올랐다.

조금씩 어둠에 눈이 익어가면서 크림색 어린이 침대와

옷장, 벽의 사진 액자들이 어슴푸레 눈에 들어왔다. 어린이 침대는 비어 있었다. 갑자기 자신이 어디에 누워 있는지 깨닫게 된 현주는 깜짝 놀라 몸을 일으켰다. 그 이부자리는 앨런의 출장 때면 와서 아이와 함께 자고 간다는 앨런 어머니의 것인 듯했다. 더듬더듬 요와 이불을 개키고 머리카락을 정리하고 옷매무새를 만진 현주는 옷걸이에 걸려 있는 코트를 챙겨 입었다. 핸드백과 그리고 양키스 모자와 줄리아드 에코백이 든 종이 쇼핑백까지 어깨에 멨다.

조심스레 방문 손잡이를 돌리고 나온 현주는 또 한번 놀랐다. 아이 방에 낮잠 시간을 위한 암막 커튼이 쳐져 있어서 어두웠을 뿐 실내가 너무 환했다. 아이 방 바로 앞은 주방이었는데 그 벽에 걸린 시계가 가리키는 시각이 믿을 수 없게도 정오를 넘어가고 있었다. 더욱 믿을 수 없는 것은 그 시계 아래 식탁의 풍경이었다. 코베인이 맥주병을 한 손에 든 채 현주를 덤덤하게 바라보고 있었다. 헐렁한 하와이안 셔츠에 반바지 차림이었다.

코베인은 머리에 끼고 있던 헤드폰을 빼고 금발을 한번 쓸어 올린 다음 말없이 냉장고 쪽으로 걸어가더니 그

문에 마그네틱으로 붙어 있던 메모지를 가져다주었다. 그의 젖혀진 셔츠 안에서 해골 모양 펜던트가 흔들리는 게 보였다. 현주는 식탁 앞에 선 채로 메모를 읽었다. 한글로 씌어 있었다. '현주씨, 나는 아이를 데리러 가요. 남편은 신경쓰지 않아도 됩니다. 또 만나요. 안녕.'

그사이 코베인은 현관 쪽 방으로 가서 록 음악의 볼륨을 높였다. 현주가 깰까봐 블루투스 헤드폰으로 듣고 있었던 모양이었다. 다시 주방을 향해 뚜벅뚜벅 걸어온 그는 냉장고에서 맥주 한 병을 꺼내 현주에게 건넸다. 무심한 듯 천진해 보이는 동작이었다. 아무런 판단이나 의사 표시를 할 겨를조차 갖지 못한 현주는 얼떨결에 그것을 받았다. 뭔가 어설픈 채로 그것이 코베인의 최선이라는 것만은 느낄 수 있었다.

현주는 코베인과 마주앉아 맥주를 반병쯤 마셨다. 숙취 탓에 몸이 무겁고 귀도 먹먹했지만 그것이 어쩐지 나른한 평온을 가져다주었다. 커튼 너머 창밖은 화창했고 실내는 싸늘한 편이었다. 정해진 대로 움직이는 시곗바늘과 상관없이 시간이 천천히 흘러갔다. 둘 다 아무 말 없이 한참을 앉아 있었는데 전혀 불편하지 않았다. 시간과 시간 사이의 크레바스에 몸을 기대고 아주 멀리에서 오고 있는 공평한 종말을 조용히 기다리는 기분이라고나 할까. 잠시 모두에게 잊힌 듯한 미묘한 결락의 순간. 그 안에서 현주는 뜻밖에도 희미한 슬픔과 그리고 우정 같은 걸 느꼈다.

자리에서 일어나자 코베인은 예의 덤덤한 얼굴로 현주를 건너다보았다. "바이." "바이." 핸드백과 종이 쇼핑백을 멘 다음 현주는 현관으로 걸어갔다. 열려 있는 방문 안쪽으로 음악을 흘려보내고 있는 스피커들과 거치대에 놓인 기타가 눈에 들어왔다. 벽에는 우주비행사 복장으로 허공에 떠서 기타를 치는 록가수의 포스터가 붙어 있었다. 신발을 신는 현주의 등뒤에서 코베인이 노래를 따라 부르는 소리가 들려왔다. "여기는 톰 소령, 지상관제소 나와라. 행성 지구는 푸르고 내가 할 수 있는 건 아무것도 없다." 현주는 잠시 그쪽을 돌아보았다. 눈으로 현주를 배웅하고 있었던지 코베인이 맥주병을 든 채로 한 손을 조금 들어 보였다. 한낮의 햇빛과 쏟아지는 록 음악을 등진 그 실루엣은 마치 외따로 떨어진 나무 아래 홀로 흔들리고 있는 조용한 그림자 같았는데 너무 자연스러워서 우주 같은 곳으로 떠날 생각은 없어 보였다.

현주는 가져온 약을 모두 먹고 난 뒤에도 이명이 나아
지지 않아 하는 수 없이 로언에게 문자를 보냈다. 로언은
한국인 의사의 예약을 잡아주었다. 병원에 함께 가지는
않았다. 청력을 완전히 회복하기는 어려울 거라며 왜 이
제야 왔냐고 질책하는 의사의 말은 현주 혼자 들었다.

병원에 다녀온 날 밤에 로언이 전화를 걸어왔다. "귀
는 괜찮아?" 그의 짧은 질문에 현주는 아니라고 대답했
다. 괜찮다는 말은 현주의 오래된 말버릇이지만 로언에
게 그런 배려는 처음부터 필요 없었으리라는 생각이 들
었다. 현주는 앨런에게 그날 밤 고마웠다는 말을 전해달
라고 했다. 그녀가 한글을 쓸 줄 알더라고 덧붙이자 로언
은 어머니가 못 쓰게 해서 한국말은 배울 기회가 없었지
만 한글은 앨런이 혼자 익혔다고 대꾸했다.

로언은 앨런의 결혼 이야기도 들려주었다. 앨런과 코
베인은 같은 교회에 다니는 양쪽 부모의 끈질긴 권유로
결혼했다. 코베인의 부모는 매사에 대체로 의욕이 없고
미래에 대한 꿈도 없는 아들의 짝으로 어릴 때부터 지켜

봐온 야무지고 착실한 앨런을 탐냈다. 또 앨런의 어머니는 이민 온 나라의 백인 가정에 딸을 편입시키고 싶어했다. 로언의 표현대로 그것은 롱 스토리였다. 앨런은 양가의 기대에 부담을 느꼈지만 섣불리 자신의 미래를 걸고 싶지는 않았으므로 코베인을 피했는데 그 무렵 코베인의 동생이 바다에서 사고로 죽었다. 장례식에 참석했다 돌아오는 길에 코베인의 차를 얻어 탄 앨런이 슬픔에 잠긴 그를 차마 혼자 두고 가지 못해 집에 따라 들어갔다. 그렇게 해서 모두에게 해피 엔드가 되었다. "둘 다 착해." 로언이 말했다.

현주가 자기 물건들을 챙기러 집에 한번 들르겠다고 하자 그는 그 속뜻을 헤아려보는지 잠깐 침묵했다. 그러고는 매니저에게 키를 맡겨둘 테니 아무때나 들르면 된다고 대답했다. 로언과 통화를 마친 다음 현주는 핸드폰의 검은 액정을 한참 동안 내려다보았다. 이어갈 스토리가 없는 암전된 무대 같아서였다.

6

로언은 그들의 마지막 식사로 동네에 있는 작은 프렌치 식당의 브런치를 예약했다. 현주가 다음날 오전 공항에 가기 위해 그날은 일찍 숙소에 들어가 있겠다고 말했기 때문이었다. 로언의 말로는 그곳의 프렌치토스트와 크레이프가 맛있다고 했다.

3월로 접어들었는데도 아직 공기가 꽤 차가웠다. 현주와 로언은 식당 밖에서 한참을 기다려야 했다. 테이블이 몇 개 되지 않아 손님 중 누군가가 식탁에 오래 앉아 있으면 자리가 나지 않았다. 기다리는 시간이 길어지자 종업원이 밖으로 나와서 양해를 구했다. 식당 이름이 프린트된 그녀의 검은색 에이프런에 흰색 가루가 조금 묻어 있었다. 핫케이크 접시를 나른 뒤 손에 묻은 가루 설탕을 에이프런에 닦았는지도 몰랐다. 갑자기 배고픔을 느낀 현주는 출입문 유리에 붙여놓은 메뉴를 천천히 훑어보았다.

현주와 로언의 뒤로 가벼운 운동복 차림을 한 남녀 커플이 와서 줄을 섰다. 그들은 그날 저녁부터 도시 전체에 록다운이 시작될 테니 식당에서 밥을 먹는 것은 당분간 이게 마지막일 거라는 대화를 나누었다. 현주는 기내용 가방에 챙겨넣은 마스크를 떠올렸다. 아마존 사이트를 수시로 들락거려서 가까스로 구한 백 달러에 세 개짜리 마스크였다. 한국을 떠나올 때는 전염병이 덮쳐오는 도시에서 탈출하는 기분이었는데 돌아갈 때가 되니 반대로 이곳을 벗어나는 게 급한 일이 되었다.

며칠 사이에 이 도시는 완전히 분위기가 바뀌었다. 많은 사람들이 도시를 떠났고 마트에는 필요한 물건들이 모두 동났다. 몇몇 상품은 제한된 개수만 팔았는데 그것을 둘러싸고 자주 싸움이 벌어졌다. 현주는 숙소 앞의 마트에 갈 때 빼고는 거의 외출을 하지 않았다. 병원에 가는 날 모처럼 시내에 나가기 위해 지하철을 기다리는데 전염병에 대한 경고 방송이 반복적으로 흘러나왔다.

아버지에게서는 한 차례 더 전화가 왔었다. 되도록 빨리 돌아오라는 당부였다. 이 도시의 지하철에서 일어난 폭력 사건이 뉴스로 보도된 날이었다. 항공사에 항공편 변경을 문의해본 현주는 상담원에게서 전염병은 천재지변에 해당하므로 추가 비용 없이 변경이 가능하다는 답변을 들었다. 그러나 이명 때문에 곧바로 비행기를 탈 형편이 아니었다. 결국은 예정된 날짜에 떠나게 되었다.

식당에 들어와 자리에 앉자 곧바로 종업원이 와서 주문을 받아갔다. 운동복 커플도 그들의 옆에 자리를 잡더니 다시 대화를 이어갔다. 아는 사람들이 하나둘 이 도시를 벗어나 감염자가 적은 다른 지역이나 시골의 친척집으로 떠나고 있다는 내용 같았다.

로언도 그들의 대화를 들었는지 자기가 아는 회사들이 모두 재택근무로 전환하고 있다며 말문을 열었다. 앨런만 해도 학교측으로부터 재택근무에 필요한 디바이스를 집으로 배송받았고 자신의 회사 업무 역시 변화가 시작되고 있다고 했다. 로언이 담당하는 은행 업무 가운데 벌써부터 파산에 관한 건이 늘어나고 있다는 거였다. 현주는 개강이 일주일 더 미뤄졌으며 아마 수업이 영상으로 이뤄질 것 같다고 대꾸했다.

프렌치토스트는 적당히 달콤하고 폭신했다. 양파 수프는 그저 그랬다. 냅킨으로 입을 닦은 뒤 로언이 옆 의자에 두었던 가방에서 뭔가를 꺼내 탁자에 올려놓았다. "이걸 빠뜨렸더라." 버블 랩에 싸인 그것은 유령이 그려진 유리잔 한 개였다. 두 개가 함께 있어야 그림이 완성되는 잔인데 왜 하나만 가져왔을까. 그러나 언젠가 그 잔을 다시 가져와서 그림을 완성하자고 말해주기를 기다리는 게 아니라면 물을 필요가 없는 말이었다.

그때 젊은 부부가 아이 둘을 데리고 식당 안으로 들어왔다. 아이들의 목청은 컸고 자리에 앉기도 전부터 서로 엄마 옆에 앉겠다며 떼를 쓰고 소란을 피웠다. 로언이 비행기의 출발 시간을 묻는 것 같았으므로 현주는 오후 한 시라고 알려주었다. 그가 또 뭔가를 물어왔지만 그 소리는 잘 들리지 않았다. 한 아이가 울기 시작했고 아이들을 야단치는 아빠의 화난 목소리, 아빠를 말리는 엄마의 피로한 목소리가 현주의 귓가에 윙윙 울렸다.

현주는 사방이 막힌 좁은 방에 혼자 앉아 헤드폰의 소리에 집중하던 순간을 떠올렸다. 삐 소리가 들릴 때마다 재빨리 버튼을 눌러야 했다. 이제 그런 소리는 현주가 정적 속에 혼자 있을 때면 언제나 들려왔다. 현주는 더이상 침묵의 무음을 듣지 못했다. 몸속 어디에선가 끊임없이 소리가 만들어져 망가진 왼쪽 귀를 통해 내보냈기 때문이었다. 현주는 그것을 자신의 침묵이 내는 신호음이라고 생각하기로 했다. 그리고 지금 그 소리를 잘 듣기 위해서는 소란스러운 아이들을 진정시킬 스토리텔러가 필요했다.

스토리텔러는 양과 시계가 없는 궁전에 초대받은 소녀의 이야기를 시작한다. 아이들은 착한 아이의 이야기라면 질색이지만 그 이야기만은 지루하거나 뻔하지 않다고 생각한다. 가슴에 훈장을 세 개나 단 공인된 착한 소녀가 궁전에서 늑대에게 죽임을 당하는 이야기. 그런 이야기라면 누구라도 한 번쯤 자신이 주인공이라고 생각할 테니까. 주인공이 착한 소녀와 그 소녀를 죽이는 늑대 중 어느 쪽인지는 상관없다.

로언이 다시 현주에게 말하고 있었다. 이번에는 그의 질문이 잘 들려왔는데 로언은 현주가 글을 다 완성했는지 묻고 있었다. 현주는 고개를 옆으로 흔들었다. 그리고 귓속 어딘가에서 울리는 삐 소리와 함께 이 도시의 문이 하나씩 닫혀 벽으로 바뀌는 소리를 들었고 비행기구름이 지나는 자리마다 차례차례 허공에 벽이 세워지는 장면을 보았다. 갑자기 현주는 로언과 창가의 커플과 젊은 부부와 아이들까지 모두 창밖을 바라보고 있다는 걸 깨달았다. 현주가 그쪽으로 고개를 돌려보니 가루 설탕이 묻은 검은색 에이프런을 입은 종업원이 식당 유리문 위에 록 다운 안내문을 붙이는 중이었는데 누가 보기에도 그것은 조금 비뚤어져 있었다.

* 소설에 나오는 그림책은 사키, 알바 마리나 리베라의 『The Story-teller』이다.

아가씨

유정도

하지

1

에이미는 오후 세시에 오기로 되어 있었다. 외출 준비를 마치고 삼십 분 전부터 호텔 로비에 내려와 그녀를 기다리던 어머니가 갑자기 소파에서 일어났다. 에이미의 전화번호가 적힌 수첩을 챙기지 않았다며 방에 다녀오겠다는 거였다.

맞은편 의자에 파묻혀서 멍하니 핸드폰을 들여다보던 나는 고개를 들었다. 조금 뒤면 만나게 될 사람의 연락처가 굳이 필요하냐고 대꾸하려 했지만 이미 어머니는 에코백에서 카드키를 꺼내고 있었다. 나는 하는 수 없이 몸을 일으켰다. "제가 갔다 올게요." 입을 열자마자 술냄새가 훅 풍겨나왔다. 간밤에 잠을 청하려고 면세점에서 산 위스키병을 땄다가 결국 반 넘게 비우고 말았던 것이다. 호텔 조식도 걸렀고 오후에야 침대에서 일어나 가까스로 씻고 나온 참이었다.

그사이 어머니는 혼자 식당에 내려가 식사를 마쳤을 뿐 아니라 내가 좀처럼 깨어나지 않자 다시 일층의 카페에 가서 커피까지 마시고 왔다고 했다. "검은색 수첩이야. 내 캐리어 안에 있을 거다." 어머니는 내 얼굴을 빤히 쳐다보며 냉장고 안에 생수병이 있다고 덧붙였다.

어머니의 캐리어는 창가 쪽 침대 옆에 세워져 있었다. 지퍼를 열자마자 꽃무늬 우산 아래 놓인 검은색 노트가 눈에 들어왔다. 하지만 꺼내보니 그것은 수첩이 아니라 검은 비닐 커버를 씌운 불경이었다. 책갈피 안에는 빛바랜 편지 같은 것이 몇 장 끼워져 있었다. 흰 봉투의 테두리를 따라 빨강과 파랑의 사선이 띠처럼 둘려 있는 국제 봉함엽서였는데, 한참을 들여다보고서야 소인이 1955년이란 것을 알아보았다. 영어 알파벳으로 적혀 있어 낯설었지만 수신인의 이름은 최유정이었다. 육십 년 전쯤에 미국에서 어머니에게 보내온 편지였다.

나는 그것들을 불경 갈피에 도로 끼워 캐리어에 집어넣었다. 그리고 군데군데 보풀이 인 모직 숄 밑에서 수첩을 찾아내 옆구리에 끼었다. 생수병을 꺼내 반쯤 마신 다음 그것도 챙겨들었다.

도심 뒷골목에 자리한 오래된 고층 호텔의 엘리베이터는 몹시 느리게 움직였다. 나는 눈을 가늘게 떴다 크게 떴다 하면서 숫자 버튼을 읽어보았다. 봉함엽서의 소인이 1955년이 아니라 1995년이었는지도 모른다는 생각이 들었다. 그건 어느 쪽이든 상관없지만 노안이 진행된 건 확실했다. 한국에 돌아가면 돋보기부터 맞춰야 할 것 같았다. 카페에서 작업할 때 쓰던 랩톱을 버리고 대형 모니터와 노안용 키보드를 구입해야 할지도 모른다고 생각하니 갑자기 우울해졌다.

엘리베이터가 느리게 느껴지는 것도 노화 탓일 수 있었다. 늙으면 뇌가 시간을 인식하는 방식과 속도가 달라져서 성질이 급해진다고 어디선가 읽은 기억이 났다. 예전에는 숙취도 이렇게 심하지 않았다. 나는 얼굴을 찡그렸다. 사실 이 여행의 모든 게 다 마땅찮았다.

2

　나의 뉴욕행은 뉴욕시 도서관협회가 주관하는 아시아 문학 주간이라는 행사의 초청으로 이루어진 것이었다. 한 차례의 낭독회, 그리고 대만과 말레이시아 작가와 함께 '아시아 문학의 미래'라는 뻔한 주제로 토론을 해야 했다. 행사의 한국측 실무를 맡은 문화재단은 4박 5일의 빠듯한 일정을 코디네이트해주었을 뿐 따로 직원을 출장 보내지는 않았다. 호텔에서 행사장까지 나를 안내하는 일은 현지 통역자에게 맡겨졌다. 예정대로라면 나 혼자만의 여행이었다.

　출발하기 한 달쯤 전에 둘째 조카의 결혼식이 있었다. 피로연 자리에서 오랜만에 가족이 한자리에 모여 앉았다. 서로의 근황을 주고받다보니 나도 자연스럽게 그 여행에 대해 이야기하게 되었다. 뒤늦게 내 신혼여행지가 뉴욕이었다는 사실이 떠올라 조금 후회스러운 기분이 들긴 했다. 이혼한 지 이 년이 지났지만 수진과 관련된 이야기는 여전히 불편한 화제였던 것이다. 다행히 그걸 기억하는 사람은 없었다. 형수는 뉴욕이라니 너무 부럽다는 말로 예의를 차렸고 형은 역시나 무관심했다. 기억력이 좋은데다 말을 가려 하지 않는 누나는 신부의 어머니로서 하객들을 챙기느라 가족석에서 멀리 떨어져 있었다.

그 자리에서 별다른 반응을 보이지 않았던 어머니가 전화를 걸어온 것은 며칠 뒤였다. 뉴욕에 같이 가도 되냐고 물었는데 이유는 '그냥 한번 가보고 싶어서'였다. 나는 핸드폰을 귀에 댄 채 잠시 침묵했다.

어머니는 평소 자식들 일에 그다지 관여하지도 또 의존하지도 않는 타입이었다. 아버지가 남긴 연금과 세놓은 아파트의 월세로 혼자 노년의 살림을 꾸려가고 있었고 명절이나 기념일을 빼고는 만나는 일도 많지 않았다. 나는 어머니 집에 불려가서 매뉴얼을 읽어가며 가전제품을 손본다거나 인터넷으로 공과금 자동이체 신청을 한다거나 정기검진에 동행할 필요가 없었다. 그런 일은 어머니가 주변의 도움을 받든지 아니면 사람을 사서 대부분 혼자 해결했다. 솔직히 나로서는 어머니의 그런 독립적인 성격이 편했다.

어머니가 운전면허를 딴 것은 환갑이 넘어서였다. 아버지의 장례를 치른 뒤 승용차를 처분하는 대신 자신이 몰기로 마음먹었던 것이다. 어머니는 가족 모임보다 친구들과 어울리는 걸 더 좋아했다. 어머니가 운전을 하게 되자 주변 할머니들은 환호했다. 남편이나 자식들에게 부탁하지 않고도 가고 싶은 곳에 마음대로 가고 또 차 안에서 남의 눈치 볼 필요 없이 실컷 떠들 수 있게 되었던 것이다. 여고 때 배운 〈울산 아가씨〉나 〈매기의 추억〉 같은 애창곡을 크게 부른다고도 했다.

어머니가 노인 불교대학에서 컴퓨터를 익힌 것 또한 일흔이 다 되어서였다. 할머니 학생 중에서는 유일했다. 어머니 집 식탁에 놓여 있던 노트를 우연히 들춰본 적이 있었는데 컴퓨터의 구성에서 시작해 도표 편집에 이르기까지 꼼꼼히 필기한 분량이 사십 페이지가 넘었다. 그리고 요즘도 계속하고 있는 시니어 요가는 지역 대회의 단체전에서 본선까지 올라간 실력이라고 했다.

그렇다 해도 어머니는 팔십삼 세였다. 한때는 주변에 이메일 쓸 줄 아는 친구가 하나도 없다고 불평하며 내 계정으로 생일 축하 카드를 보낼 만큼 적극적이었지만 백내장 수술을 한 뒤로는 거의 컴퓨터를 쓰지 않았다. 친구들이 죽거나 하나둘 거동이 불편해지면서 운전도 그만둔 지 오래였다. 여행을 가는 대신 텔레비전의 여행 프로그램을 찾아보는 쪽으로 취미를 바꿨다고 하더니 갑자기 왜 미국까지 갈 생각을 한 걸까. 게다가 어머니는 평소 내가 작가라는 것도 그리 자랑스러워하지 않았다. 내 책은 읽어본 적이 없었으며 내 낭독회 역시 전혀 관심사가 아닐 것이다. 왜 이 여행에 동반하려 하는지 나는 도무지 이해할 수가 없었다.

나는 건강에 대한 갖가지 염려를 내세우며 어머니를 설득하려고 시도했다. 오십의 나이에 어머니와 단둘이 외국 여행을 하는 기특하거나 딱한 아들이 되고 싶지 않았으므로 다소 열심이었다. 하지만 항공권을 누나가 사주기로 했다는 데에서 말문이 막히고 말았다. 늘 바쁘고 무심한 형과 나 대신 그나마 어머니를 챙기는 누나와 이미 의논이 끝났다는 뜻이기 때문이었다. 누나조차 말리지 못했다면 어머니의 용건은 부탁이 아니라 통보였다. 팔순이 지난 어머니를 외국의 호텔방에서 홀로 잠들게 해서는 안 되므로 방도 같이 써야 했다. 하루뿐인 자유 일정은 물론이고 행사 때에도 어머니를 호텔에 혼자 둘 수는 없었다. 닷새 동안 어머니와 한시도 떨어질 수 없는 여정이 된 것이다.

문화재단에 연락해 행사에 못 간다고 말할 궁리까지 해보았다. 전동 킥보드를 타다가 넘어져 중족골을 다쳤 다거나 노모가 중환자실에 입원했다는 식의 핑계를 떠올 리기도 했다. 그러다가 동료 작가와 다른 일로 통화를 하 는 중에 뉴욕 행사에 원래 초청된 작가가 내가 아니라는 사실을 전해들었다. 주최측에서 원한 사람은 요즘 활동 이 활발한 젊은 작가였으며 초청은 그의 책이 미국에서 출간된 올해 초에 이루어졌다는 거였다. 그 작가가 같은 기간 유럽에서 열리는 도서전에 참가하기로 마음을 바꾸 는 바람에 주최측은 시간이 되는 다른 작가를 급히 섭외 해야만 했다. 나는 그제서야 왜 문화재단에서 나 같은 어 중간한 중견작가에게, 그것도 출발이 두 달밖에 남지 않 은 시점에 연락을 해왔는지 이해가 되었다.

'시간이 되는' 것은 좀처럼 기회가 오지 않는 해외 행 사에나 해당되는 것일 뿐 나는 늘 돈벌이를 위한 원고들에 쫓겼다. 신작을 쓰는 일은 점점 뒤로 밀려났다. 스트레스를 핑계로 과음을 하거나 예열 과정이라고 강변하며 게으름을 피우는 일만으로도 시간은 빠르게 흘렀다. 그러다 보면 어느새 잡다한 마감은 코앞에 닥쳐 있었고, 나의 작가 생활이란 것이 그처럼 '중요하지도 않은 급한 일'과 '시간이 필요한 중요한 일' 가운데 앞의 것만 처리하면서 발등의 불만 끄다가 끝나리라는 자탄에 빠지곤 했다. 그러는 사이 그럭저럭 출발 날이 가까워져 있었다.

긴 비행시간 내내 어머니는 그다지 힘든 기색을 보이지 않았다. 오히려 출발 직전까지 미뤄왔던 마감을 맞추느라 밤을 새운 내 컨디션이 더 엉망이었다. 나는 와인을 곁들여 기내식을 먹을 때 빼고는 계속해서 곯아떨어졌다. 간간이 눈을 떠서 옆자리를 보면 어머니는 돋보기를 걸친 채 독서등 아래 불경을 펴놓고 있거나 승무원에게 물을 청해 마셨고 손거울로 얼굴을 살피거나 아니면 팔짱을 낀 채 뭔가 생각에 잠겨 있었다. 나를 깨우는 일도 없었다.

마침내 비행기가 땅에 내렸을 때 어머니는 안전벨트를 풀며 중얼거렸다. "세상에 인간같이 지독한 게 없어.

이렇게 제 발로 의자에 묶여서 열두 시간 넘게 앉아 있는 동물이 세상천지에 어디 있겠냐." 그 말조차 안 했다면 나는 어머니가 아주 편안하게 시간을 보냈다고 여겼을 것이다.

수하물을 찾은 뒤 우리는 교대로 화장실에 다녀왔다. 내가 남자 화장실에서 나왔을 때 어머니는 두 개의 캐리어 손잡이에 각기 한 손을 얹은 채 긴장한 얼굴로 서 있었다. 나는 어색함을 무릅쓰고 어머니를 부축하기 위해 팔을 붙잡았다. 그러나 어머니는 내 손을 완강하게 밀쳐냈다. 걸음은 느렸지만 택시가 그려진 안내판도 먼저 발견했고 그곳까지 자신의 캐리어도 손수 밀었다.

택시가 강을 건너 맨해튼에 들어서자 십수 년 만에 보는 거리와 건물들이 나에게 어쩔 수 없이 감회를 불러일으켰다. 티파니 매장에서 수진의 하트 목걸이를 사고 스테이크 하우스에서 고기를 썰어 서로의 접시에 놓아주던 게 기억났다. 휘트니미술관에서 수진이 유난히 오래 바라보던 호퍼의 〈바닷가 방〉을 기억해두었다가 기념품점에서 그 그림이 프린트된 엽서를 골라주기도 했다. 뮤지컬 〈라이언 킹〉을 볼 때는 민스코프극장을 찾지 못해 시작 직전에 가까스로 입장했는데 수진이 어둠 속에서 손수건을 꺼내 내 목덜미에 흐르는 땀을 닦아주었다.

"뉴욕은 처음인가요?" 나의 멍한 표정을 룸 미러로 흘끔거리며 택시 기사가 물었다. 나는 겨울에 오는 건 처음이라고 대답했다. 그 여름은 몹시 더웠다. 흰색 모자에 민소매 원피스를 입고 브라이언 파크의 벤치에 앉아 콘 아이스크림을 먹던 수진. 그 모습을 카메라에 담고 있던 나는 셔터를 누르려던 손길을 멈추고 잠시 뷰파인더 안의 그녀를 가만히 바라보았다.

택시 기사와 내가 뉴욕의 날씨에 대해 몇 마디 주고받고 또 라디오에서 음악 방송 진행자가 빠르고 높은 목소리로 혼자 떠들어대는 동안 어머니는 줄곧 차창 밖만 내다보았다. 생큐 외에는 영어를 한마디도 못 알아듣는 어머니는 그러나 호텔방에 들어오자 택시 기사에 대해 예리한 인물평을 했다. 주의가 산만하고 불만이 많으며 한국 기사들에 비해 계산도 느리다는 거였다. 불필요하게 차선을 바꾸는 운전 습관이며 투덜거리는 듯한 말투, 그리고 룸 미러를 통해 뒷좌석을 흘끔거릴 때의 눈빛에서 알아챘다고 했다. 어머니는 택시 기사가 자신의 나이를 물어본 다음 자기 어머니에 대한 불평을 늘어놓지 않았냐고도 물었는데 그것도 정확했다. 택시 기사는 자기 어머니가 하는 말이라고는 아프다는 말과 돈 필요하다는 말뿐이라고 내게 투덜댔었다.

누나는 삼 남매 중 내가 가장 어머니를 닮았다고 말하곤 했다. 사람을 관찰하고 판단하기 좋아해서 어머니에게 친구가 많은 것이며 똑같은 이유로 내가 소설가가 되었다는 거였다. 그리고 어머니와 달리 내게 친구가 없는 건 냉정한 성격만 닮았을 뿐 어머니가 가진 너그러움이 부족한 탓이라고 했다. 어머니와 나의 그런 차이는 고생을 많이 하고 안 하고에서 온다는 분석도 덧붙였다. 그렇게 단순화시킬 이야기는 아니었다. 어머니가 선을 긋는 게 분명하면서도 일단 그 안으로 들인 사람에게 너그러운 건 사실이었다. 그러나 그 너그러움은 타인에 대한 기대가 적어서일 수도 있었다. 내 생각에 누나는 어머니의 자기 위주인 성격을 가장 많이 닮았다.

사춘기 때 누나는 어머니를 미워했다. 그것은 국어 교과서에 실린 「자모사」라는 시조만 보더라도 매우 정당한 감정이었다. '바릿밥 남 주시고 잡숫느니 찬 것이며, 두

둑이 다 입히고 겨울이라 엷은 옷을.' 누나는 어머니가 교과서에 나오는 대로 자신에게 헌신적이고 자애로운 어머니이길 원했다. 하지만 그때 막 사십대로 접어든 어머니는 삶의 다른 국면을 맞이하고 있었다.

남편의 사업 빚에 쫓겨 온 가족이 야반도주하다시피 고향을 등졌는데 정작 일거리를 찾겠다고 다른 도시로 떠난 남편은 몇 달째 소식이 없었다. 수험생인 고3을 비롯해 고1과 갓 국민학교에 입학한 막내까지 세 자식의 치다꺼리를 하면서 어머니는 주인집이기도 한 양품점의 일을 도와 봉지쌀을 샀다. 새벽에 주인집과 같이 쓰는 셋집 부엌에서 도시락 네 개를 싸고, 한밤중에는 퉁퉁 부은 다리를 주무르다 가계부에 엎드려 잠들었다.

그러는 가운데 누군가에게 편지를 썼다. 누나가 훔쳐 본 그 편지에는 곤궁한 생활 속에서 사춘기 자식들과 씨름하며 누구에게도 이해받지 못하고 사는 나날이 지겨워서 다 팽개치고 도망이라도 가고 싶다는 구절이 있었다. 누나는 충격을 받았다. 가출을 꿈꾸는 것은 가정 형편도 어렵고 어머니와 불화하는 자신이어야 했다. 어머니가 너무나 무책임하고 파렴치하게 여겨졌다.

하지만 그처럼 희생과 자애를 덕목으로 삼지 않고 자기애가 강했기 때문에 어머니가 노년에 스스로 알아서 자신의 인생을 꾸려가고 있다는 게 요즘 누나의 결론이었다. 덕분에 자식들이 신경쓸 일이 적지 않으냐는 거였다. 그 또한 간단히 결론지을 이야기는 아니었다. 어머니가 아들과 마찬가지로 딸에게도 집안일을 시키지 않았다는 걸 누나는 깨닫지 못했다. 또 어려운 형편에 세 자식에게 똑같이 대학 교육을 시키는 데에는 의지와 책임감이 필요했다. 어떤 헌신은 당연하게 여겨져 셈에서 제외된다. 시기와 처지에 따라 개인의 욕망에 대한 도덕적 해석이 바뀌는 것도 이상했다. 그리고 자기애가 강하다고 해서 모두가 자신의 삶에 긍정적이지 않다는 건 누구보다 내가 잘 알았다.

3

뉴욕에 도착한 순간부터 어머니는 곳곳의 풍경을 어머니 방식으로 스캔하기 시작했다. 첫날 저녁 내가 호텔 근처에서 한식집을 찾다가 실패하고 어렵게 발견해낸 좁고 어두운 중국 음식점의 위생 상태, 이튿날 호텔 조식을 먹고 주변을 산책하면서 마주친 노숙자들의 당당하고 공격적인 태도, 록펠러 센터 스케이트장을 구경하던 관광객들이 남긴 쓰레깃더미 같은 건 어머니의 눈을 피해갈 수 없었다. 어머니는 호텔 벨보이들이 문손잡이를 잡아주는 것만으로 팁을 받는 장면이며 슈퍼마켓 계산대의 점원이 아시안에게 유독 불친절한 것도 유심히 보았다. 그런가 하면 고급스러워 보이는 빌딩이나 화려한 전광판 앞에서 걸음을 멈추고 내게 설명을 요구했으며 때로 감탄스러운 표정을 지었다. 이래서 최고에서 최하로 노는 나라라고 하는구먼, 하고 중얼거리기도 했다.

낭독회는 도착한 다음날 오후였다. 통역자인 김선생이 구형 어코드에 나와 어머니를 태워 퀸스에 있는 조그마한 시립 도서관으로 데려갔다. 김선생은 내 또래로 보이는 인상 좋은 남자였다. 유학을 왔다가 한인 교회에서 만난 교민 여성과 결혼해 미국에 눌러앉았는데 작은 사업을 하면서 이런저런 교민 커뮤니티의 일을 돕고 있다고 자신을 소개했다. 시 도서관협회의 행사라고는 해도 진행이나 홍보는 사실상 초청 작가의 교민 커뮤니티가 맡아 하고 있었다.

　관객은 교민과 유학생이 대부분이었지만 그렇지 않은 사람들도 꽤 눈에 띄었다. 아마 한국문학보다는 한국에 관심이 많은 사람들일 터였다. 어머니는 그들 가운데 한 자리를 차지하고 앉았다. 내 모습이 잘 보이는 위치였다. 이따금 옆자리에 앉은 검은 슈트 차림의 젊은 한국인 여성과 몇 마디 주고받기도 했다.

　낭독회는 무리 없이 끝났다. 김선생의 영어가 그리 유창하지 않아 의외였지만 나도 김선생도 준비해온 부분을 천천히 읽어내려가기만 했으므로 별문제는 없었다. 질문 시간이 길어진 것은 한국 걸 그룹에 대해 궁금증이 많은 금발 청년과 이민 오기 전 젊은 시절에 읽었던 한국문학에 대해 긴 소회를 늘어놓는 교민 노인 때문이었다. 약간 지친 기분으로 책에 사인을 하면서 보니 어머니는 검은 슈트 여성과 그때까지도 계속 이야기를 나누고 있었다. 그녀가 에이미였다.

　에이미는 김선생과 잘 아는 사이였고 그의 적극적인 추천으로 낭독회에 왔다. 김선생의 소개에 따르면 바이

올린을 전공하는 음대 학생이고 틈틈이 교민 커뮤니티에 연주 봉사를 하는 착실한 교회 신도였다. 그날도 교회 연주를 마치고 오느라 슈트를 입은 모양이었다. 그녀는 한국 작가는 물론이고 작가를 가까이에서 본 것은 처음이라고 스스럼없이 말하며 나를 향해 활짝 웃었다. 나는 김선생이 몇몇 교민들과 주고받는 눈인사로 그가 자리를 채우기 위해 아는 사람들을 동원했다는 걸 눈치채고 있었다. 에이미도 그중 한 명일 거라고 생각했다. 김선생이 저녁을 대접하기 위해 우리를 데려간 케이 타운의 한식당까지 동행하는 걸 보면 좀더 가까운 사이 같기도 했다. 그녀는 악기 케이스를 어깨에 메고 우리를 따라왔다.

그리 크지 않은 식당이었다. 만면에 사람 좋은 웃음을 띤 채 김선생이 어머니 쪽으로 반찬 접시를 옮기며 말했다. "어머님, 뉴욕 구경은 좀 하셨습니까." 그러고는 대답을 듣기도 전에 에이미에게 관광 안내를 부탁하는 게 어떠냐고 제안했다. 에이미는 오전의 레슨 아르바이트를 빼면 시간이 많다며 흔쾌히 고개를 끄덕였다. 어머니도 굳이 반대하지 않는 표정이었다. "잘됐네요." 김선생이 그렇게 말하며 손뼉을 한 번 쳐 보임으로써 그 화제를 마무리지었다.

김선생은 어머니를 향해 싹싹한 어조로 이런저런 말을 이어갔다. "어머님, 일정을 좀 길게 잡지 그러셨어요. 나이아가라폭포랑 우드버리 아웃렛이랑 갈 데가 얼마나 많은데요. 한국 할머니들은 다들 그런 데를 좋아하시더라구요." "이 집 음식 괜찮죠? 한국 사람은 어딜 가나 김치에 국물을 떠먹어야 힘이 나요. 안 그렇습니까, 어머님." "그나저나 대단하세요. 그 연세에 미국 여행을 오시고. 작가 어머니라 뭐가 달라도 다르신가봐요." 어머니는 애매한 웃음을 지을 뿐 아무 대꾸도 하지 않았다. 미리 끓여두었다가 데우기만 한 김치찌개에는 딱 한 번 숟가락을 가져갔고 단맛이 강한 불고기도 조금밖에 먹지 않았다.

호텔로 돌아온 뒤 나는 어머니에게 내키지 않으면 관광은 취소해도 된다고 말했다. 어머니는 되레 "어떻게 너하고만 계속 붙어 있어"라며 고개를 젓더니 에이미가 고학생이니 비용을 좀 넉넉히 줘야겠다고 덧붙였다.

어머니와 에이미는 그사이 꽤 많은 이야기를 나눈 것 같았다. 에이미는 시카고 출신이고 브루클린 외곽의 작은 스튜디오에서 룸메이트와 함께 살고 있었다. 어릴 때

214

부모가 맞벌이를 했기 때문에 할머니 손에 자랐는데 덕분에 한국말을 잘하는 거였다. 어머니와 나이가 비슷한 그 할머니는 젊은 나이에 이민을 와서 고생을 많이 했지만 지금은 미시간 호수 근처의 노인주택을 분양받아 혼자 여유로운 노년을 보내고 있었다. 한국식 취향대로 집을 꾸며놓았고 이웃의 노인들과 어울려 교외의 인디언 카지노로 점심을 먹으러 다니는 게 낙이었다.

어머니는 예리함을 발휘해 에이미의 한국말에 깃든 경상도 억양을 알아차렸다. 할머니가 울산 사람이란 것까지 알게 되었다. 또 에이미는 부모와 사이가 좋지 않았지만 할머니와는 며칠에 한 번씩 영상통화를 할 만큼 가까웠다. 어머니는 그런 이야기들을 마치 잘 아는 사람의 이야기인 것처럼 내게 전했다. 처음 보는 모습이었다.

4

에이미는 이미 도착해서 어머니와 이야기를 나누는 중이었다. 내가 앉았던 맞은편 의자가 아니라 소파에 나란

히 앉아 있었다. 후드가 달린 패딩에 쇼트 팬츠와 앵클부
츠 차림의 그녀는 어제보다 훨씬 앳돼 보였다. 표정도 쾌
활하고 명랑했다. 나와 눈이 마주치자 활짝 웃으며 인사
를 건넸다. "선생님, 제트 래그 시차 괜찮아요?" 에이미
의 한국어는 유창했지만 어딘지 조금 어색했다. "유정 선
생님은 푹 잤대요. 컨디션 좋아서 오늘 우리 재미있게 놀
거예요." 에이미는 어머니도 자연스럽게 이름을 붙여 불
렀다.

"어느 쪽으로 나갈 건가요?" 어머니에게 수첩을 건네
준 뒤 빈 의자에 엉덩이를 내려놓으며 내가 물었다. "아
직 못 정했어요. 근데 유정 선생님이 뉴욕을 잘 알아요."
나는 어리둥절했지만 곧바로 '유정 선생님'이 컴퓨터 검
색을 할 수 있다는 데에 생각이 미쳤다. 어머니 집에는
여전히 구형 데스크톱이 식탁에 한 자리를 차지하고 있
었다. 어제 호텔 주변을 산책할 때 내가 엠파이어스테이
트빌딩과 라디오시티를 알려주자 걸음을 멈추고 여기가
거기냐며 알은척하던 것도 그래서였을 것이다.

에이미가 콧등을 찡그리며 장난스러운 표정으로 다시
말했다. "그런데 우리 마지막은 밀크 앤 허니 갈 거예요.

216

내가 좋아하는 플레이스인데, 유정 선생님이 거기 가보고 싶대요." 아마 사라베스나 레이디 엠처럼 관광객에게 인기 있는 베이커리쯤 되는 모양이라고 생각하며 나는 건성으로 고개를 끄덕였다. 사실 그들의 행선지에는 별 관심이 없었다. 천천히 장갑을 낀 뒤 검은색 에코백을 집어드는 어머니에게 나는 무리하지 마세요, 라고 의례적인 말을 건넸다. 불안한 마음 같은 건 별로 들지 않았다.

어머니와 에이미가 호텔의 회전문으로 걸어가는 걸 보며 나는 천천히 생수를 마셨다. 키가 큰데다 두툼한 패딩까지 입은 에이미는 활기차 보였다. 그에 비하면 잿빛 코트와 털목도리에 감싸인 어머니의 뒷모습은 전에 없이 작고 쇠약하게 느껴졌다. 주변 경관이 낯설고 건물들이 크기 때문일까. 어쩌면 어머니의 뒷모습을 먼발치에서 지켜본 적이 없어서인지도 모른다. 나는 그들이 시야에서 사라질 때까지 한참 동안 바라보았다. 에이미는 어머니를 부축하는 대신 손을 잡고 있었다. 그러느라 어머니를 향해 한쪽 어깨를 약간 기울이며 걸었는데 그것은 뜻밖에도 자연스럽고 다정한 풍경이었다.

쓰레기통에 빈 생수병을 버리고 나도 자리에서 일어났

다. 브로드웨이 극장가와 타임스스퀘어 부근을 조금 걷다가 적당한 바를 찾아 로컬 브루어리 맥주나 한잔할 생각이었다. 그 정도면 뉴욕 관광은 충분했다. 주최측에서는 아시아 작가들을 배려하는 한편 과시할 의도로 맨해튼 한복판에 숙소를 잡았겠지만 관광지나 미술관이나 쇼핑 같은 건 더이상 나의 관심사가 아니었다.

이미 수진과 섭렵한 코스이기도 했다. 목적지를 검색하고 동선을 짜고 티켓을 예매하고 교통편을 알아보고, 또 지하철역을 찾고 길을 헤매고 물건을 고르고 메뉴를 살피고 팁을 계산하고. 지금 생각하면 내 인생의 가장 예외적인 시간이었다. 피곤한 열정과 확신 없는 인내심을 감당할 만한 젊음은 그 시절에 다 소진되었다. 이제는 내 인생 전체가 별 볼 일 없는 쪽으로 거의 다 결론이 나 있었으며 그것은 힘들거나 외롭다기보다 대체로 언짢고 피곤한 상태였다.

코끝이 조금 차가웠지만 걷기에 나쁘지 않은 날씨였다. 공기도 제법 맑았다. 나는 코트 주머니에 손을 찔러넣고 타임스스퀘어로 몰려드는 관광객들과 반대 방향으로 걸었다. 시간에 쫓기지 않고 행선지도 없이 낯선 거리를 걷는 건 정말 오랜만이었다. 숙취로 무거웠던 머리도 한결 가벼워지는 느낌이었다. 발길 가는 대로 몇 블록을 걸었던 것 같다. 펜 스테이션과 매디슨스퀘어 가든을 지나면서부터는 더이상 볼만한 것도 없고 다리도 좀 무거웠다. 서서히 돌아가야겠다는 생각이 들었지만 술을 마시기에는 이른 시간이었다.

나는 커피숍으로 보이는 간판을 향해 골목 쪽으로 걸음을 옮겼다. 가까이 가보니 커피숍이 아니라 작은 극장이었다. 유리문에 붙은 포스터에는 눈에 익은 배우가 풍성한 스커트와 블라우스 차림으로 브라운스톤 담장에 기대서 있었다. 그녀의 머리 위로는 브루클린 브리지가, 발치에는 여행 가방이 놓여 있었다. 새로 개봉한 영화인 모양이었다. 극장에 들어가 표를 산 다음 나는 구석의 카페테리아에서 뜨거운 커피를 마시며 몸을 녹였다.

영화는 1950년대의 아일랜드와 뉴욕을 배경으로 하고 있었다. 영어를 다 알아듣지 못하는데다가 중간에 졸기까지 해서인지 그다지 흥미롭지는 않았다. 1950년대 미국이 배경이라면 먼저 매카시즘이나 인종차별 영화를 떠올리는 나의 선입견 탓이기도 했다. 어머니의 캐리어에

들어 있던 편지의 소인이 1955년이 맞을 거라는 생각은
왜 떠올랐는지 알 수 없었다. 그 편지를 받았을 무렵 어
머니도 영화 속 주인공 같은 플레어스커트와 블라우스를
즐겨 입었을지도 모른다는 생각이 아무 맥락 없이 잠깐
스쳐갔다.

사실은 어머니와 함께 봐도 괜찮았을 거라는 생각을
했던 것 같다. 러브스토리도 있고 고향을 떠나는 이야기
도 나오고 무엇보다 여성의 패션이 있었다. 시대 배경 또
한 〈흐르는 강물처럼〉이나 〈가을의 전설〉 같은 영화를 좋
아하는 어머니의 취향에 맞았을 것이다. 어머니는 미국
영화를 즐겨 봤다. 몇 년 전부터는 자막을 대충 건너뛰고
화면으로만 영화 보는 방법을 터득하고 있었다. 시력이
약해지면서 어머니는 아침 드라마 같은 단순한 화면밖에
집중을 못했지만 거기에서 재미를 찾는 건 포기해야 했
다. 노인들이 그런 드라마를 좋아하는 건 익히 아는 소재
이고 화면이 단순하고 이야기 전개가 극단적이어서 이해
하기 쉽기 때문일 것이다. 그러나 어머니는 뻔한 이야기
와 볼거리가 없는 화면을 좋아하지 않았다.

극장을 나오니 그사이 어둠이 내리면서 거리는 전광판

과 붐비는 인파로 더욱 요란해져 있었다. 기온이 내려가서 코트의 단추를 목까지 채워야 했다. 호텔 쪽으로 걸으며 간단히 한잔할 만한 바를 찾았지만 눈에 띄지 않았다. 패스트푸드점이나 푸드 트럭, 아니면 비싸 보이는 다이닝 바뿐이었다. 그런 곳은 비용도 비용이지만 서툰 영어로 주문을 하고 외국인들 사이에서 혼자 식사를 해야 하는 것부터가 스트레스였다.

나는 뉴욕 타임스 빌딩 안의 딘 앤 델루카 마켓에 들어가서 초밥과 탄산수, 견과류 한 봉지를 샀다. 오프너를 구하기 귀찮아서 와인은 호주 와인으로 골랐다. 전날 어머니와 함께 왔을 때는 생수와 치약을 샀었다. 어머니는 또 계산대 앞에 걸려 있던 에코백을 골랐는데 계산원이 무심히 흰색 백을 봉투에 넣자 검은색으로 바꿔달라고 요구했었다.

5

호텔방으로 들어와 시계를 보니 일곱시 가까운 시각

이었다. 어머니는 아직 들어오지 않았다. 나는 봉투 안에
든 것들을 꺼내 탁자 위에 펼쳐놓고 먹었다. 와인병도 땄
다. 다음날에 있을 아시아 문학의 미래에 대한, 누구도
궁금해하지 않을 토론은 오후 한시였다. 원고를 써서 주
최측에 미리 보내두었으므로 따로 준비할 건 없었다. 그
원고에 뉴욕 출신 여성 평론가의 인터뷰를 인용한 부분
이 있어 그것만 책에서 확인해볼 생각이었다. 공항으로
떠나기 전에 갑자기 생각이 나서 챙겨넣었던 그 인터뷰
집은 탁자 위에 놓여 있었다. 어머니가 내 침대 옆 사이
드 테이블에 있던 걸 그쪽으로 가져다놓은 것이었다.

전날 내가 오후가 되어서야 술냄새를 풍기며 눈을 떴
을 때 어머니는 탁자 앞에서 그 인터뷰집을 보고 있었다.
불경 외에 어머니가 책을 읽는 모습은 처음 보았다. 샤
워를 마치고 욕실에서 나왔을 때까지도 같은 자세였다.
"그걸 왜 보고 있어요?" "그냥. 뭐라고 쓰여 있나 하고."
어머니가 어지간히 지루했던 모양이라고 생각하며 나는
건성으로 물었다. "뭐라고 쓰여 있던가요?" "여기 네가
접어놓은 페이지만 읽어봤는데, 맞는 말을 해놨네." 어
머니는 돋보기를 벗으며 "뭐 다 아는 당연한 말이지만"

이라고 한마디 덧붙였다. 거기에 대해 내가 뭔가 대꾸하려는 걸 눈치챘는지 "살다보면 그럭저럭 알게 되는 이야기라는 뜻이야. 책이란 게 다 그렇지"라고 고쳐 말했다. 그러고는 두 손으로 책을 들고 표지를 물끄러미 들여다보았다.

표지에는 창턱에 비스듬히 걸터앉아 정면을 응시하는 여성 평론가의 전신사진이 박혀 있었다. 통 좁은 바지에 부츠를 신은 한쪽 다리를 길게 늘어뜨리고 한쪽 팔꿈치로는 책더미를 짚고 있는, 지적이면서도 다소 도발적인 사진이었다. 시선을 그대로 사진에 둔 채로 어머니가 중얼거렸다. "이 여자가 나랑 나이가 같더라." "그래요?" 나는 대수롭지 않게 대꾸했다. 어머니가 태어난 해를 외우고 있지도 않았으므로 대화는 거기에서 끊어졌었다.

나는 비어 있는 잔에 와인을 따라 한 모금 마신 다음 그 책을 집어들었다. 책날개에서 평론가의 출생 연도를 확인하고 나서 핸드폰 검색을 해보았다. 필립 로스, 모리무라 세이이치, 올리버 색스…… 어머니와 나이가 같은 유명인들이었다. 오노 요코는 몇 달 전 여름 모마에서 전시회를 열었던 모양으로, 링크된 특집 기사에 생애가 요약돼 있었다.

오노 요코와 어머니는 같은 해에 집안의 장녀로 태어났다. 한 사람은 이른바 내지에서 한 사람은 조선에서. 둘은 같은 시기에 같은 전쟁을 겪었다. 그러나 단지 그뿐이었다. 오노 요코는 황실 혈통의 은행가를 아버지로 재벌가의 딸을 어머니로 두었고 명문 대학에서 철학을 공부했고 유럽을 거쳐 뉴욕에서 활동하며 화제를 몰고 다니는 유명한 전위 예술가가 되었다. 그리고 존 레넌과 결혼했다.

하지만 누가 됐든 개인의 삶은 각자에게 유구한 역사이다. 어머니의 생애를 정리하면 어떤 것을 말할 수 있을까. 시골 지주의 육 남매 중 맏딸로 태어났고 고향의 여고를 졸업했고 슬하에 2남 1녀를 두었고 지금은 신도시에서 혼자 살고 있다. 정도일까. 계산해보니 어머니는 열세 살에 해방을 맞이했고 한국전쟁이 일어났을 때는 여고생이었다. 비교적 유복하고 평화로웠던 어머니의 집안은 전쟁 때 완전히 무너졌다. 외조부는 일꾼으로 부리던 사람의 손에 끌려가 죽임을 당했고, 외조부의 형이 토벌 작전에 동원되어 돌아오지 못한 경찰이었던 탓에 일가친

척 모두 고초를 겪어야 했다. 그 당시 어머니의 이웃이기도 했던 아버지에게서 전해들은 이야기였다.

어머니는 그 시절 이야기를 한 번도 입 밖에 낸 적이 없었다. 고생담은 물론이고 옛날이야기 하는 것 자체를 좋아하지 않았다. '그때 살아봤다고 해서 다 옛날을 잘 아는 건 아니야'라든가 '사람은 자기의 현재에 살아야지'가 입버릇이었다.

만약 내가 어머니의 이야기를 쓴다면 뭘 쓰게 될까. 어린 시절 나는 밥상 위의 반찬들이 유리그릇에 담겨 있는 걸 보고 본격적인 여름의 시작을 알았다. 다시 도자기 그릇으로 바뀌면 겨울이 다가온 것이었다. 그 돈이면 반찬 한 가지를 더 올리겠다며 주변의 빈축을 샀지만 어머니는 작은 사치를 포기하지 않았다. 종이를 오려 인형 옷 만들기를 좋아했던 누나가 친구들에게 인기가 많았던 데는 이유가 있었다. 어머니에게 백과사전만큼 두꺼운 미국 통신판매 책자가 있었기 때문이었다. 어떻게 구했는지는 알 수 없지만 60년대의 미국 전역에 뿌려졌을 그 카탈로그에는 온갖 신기하고 멋진 물건들이 가득차 있었으며 색상이 화려하고 종이가 얇아 인형 옷을 그려 오리기에 맞춤했다.

어머니는 또 김치나 장을 담그는 데 그다지 솜씨가 없었던 대신 요리 강습에서 배우는 서양 요리에 관심이 많았다. 아랫목의 전기 콘센트에 꽂혀 있던 미니 제빵기 안에서 카스텔라 반죽이 익던 냄새는 지금도 기억이 났다. 그리고 그것을 발로 차버리는 게 형이었다. 형은 넉넉지 못한 살림에 아무 쓸모 없는 꽃을 사고 집에서 혼자 차를 마실 때조차 립스틱을 바르는 어머니가 허영심 많고 사치스럽다며 싫어했다. 그때마다 어머니는 "내가 이래서 자식 같은 건 안 낳으려고 했다"라고 차갑게 말했고 형은 어머니의 직설법에 상처를 받았다.

어머니는 내가 형과 나이 차가 많은 이유도 직설적으로 말했다. 어머니는 그 시절 여성 중에는 드물게 가족계획 예찬론자였다. 형을 낳은 뒤 이제 출산은 끝냈다고 생각했다. 그러나 '소파수술'을 하도 많이 하는 바람에 몸이 상해서 어쩔 수 없이 나를 낳았다는 거였다. 어린 내가 무슨 책을 읽고 그랬는지 나중에 돈을 벌어서 어머니에게 과수원을 사주겠다는 크나큰 포부를 밝힌 적이 있었다. 꽃향기와 탐스러운 과실들, 아름답고 평화로운 전원 풍경 같은 걸 상상했을 것이다. 어머니는 시골 생활도 싫고 과수원 일도 하기 싫다며 한마디로 거절해서 나에게도 상처를 주었다.

효도 같은 건 결코 하지 않겠다고 굳게 결심했던 내가 어머니와 화해한 것은 얼마 뒤의 어린이날이었다. 내키지 않아하는 누나와 형까지 동원해서 온 가족이 영화를 보기로 했는데 아버지가 약속 시간에 나타나지 않았다. 아버지가 약속을 어기는 건 자주 있는 일이었지만 그날 우리는 극장 앞에 서서 한 시간을 넘게 기다렸다. 어머니에게는 온 가족의 극장표를 살 돈이 없었기 때문이었다. 결국 어머니는 극장 옆에 있는 전당포에 결혼반지를 맡기는 방법으로 우리를 극장 안으로 데려갔다.

대여섯 살 무렵 어머니와 어머니 친구들을 따라 해수욕장에 갔던 이야기는 어떨까. 아마 내가 기억하는 가장 젊은 어머니의 모습일 것이다. 해가 지고 있었고 해수욕을 마친 어머니는 젖은 수영복 위에 원피스를 걸쳐 입는 중이었다. 온몸이 모래투성이인데다 술에 취해 있었다. 나와 눈이 마주치자 갑자기 팔을 뻗어 나를 어찌나 세게 끌어안았던지 그만 두 손으로 밀쳐버렸었다. 나중에 어머니가 기억 못하리라고 믿었기 때문에 있는 힘껏 밀쳤는데 다음 순간 나는 당황하고 말았다. 수영복에 감싸인 어머니 피부의 단단한 느낌이 전혀 예상치 못한 것이었기 때문이었다.

하지만 이런 이야기는 모두 내가 아들로서 바라본 어머니의 모습일 뿐이다. 결국은 어머니가 아니라 나의 서사인 것이다. 그것은 어머니가 원하지 않는 또하나의 관성적인 해석 틀일 수도 있었다. 그런 점에서 어머니는 확실히 까다로운 사람이었다.

천생 여자라는 말을 들으며 자랐지만 어머니는 그 말을 싫어했다. 현모양처, 알뜰한 당신, 어머니 손맛 같은 말도 마찬가지였다. 여자와 노인이 합해진 의미에서의 할머니로만 대해지는 것 역시 탐탁지 않게 생각했다. 희생과 헌신, 고향의 이미지, 경제적 무능, 부지런함과 절약, 쇠약함과 퇴행, 그리고 자애라거나 지혜로움 같은 미덕까지. 어머니는 자신이 힘들게 살아온 것은 맞지만 누구에게도 그것을 동정할 권리는 없다고 생각했다.

누나는 어릴 때 같은 반의 고아원 아이가 도시락을 싸오지 못해 불쌍하다고 말했다가 어머니에게 야단을 맞은 적이 있었다. 불쌍한 게 아니라 너보다 운이 나쁜 거다, 뭐 그런 식으로 혼났는데 누나는 어린애가 어떻게 알아듣느냐며 지금까지도 억울해했다. 어머니는 관공서의 현수막에 적힌 어르신이라는 표현도 호들갑스럽다고 싫어했다. 귀여운 할머니라는 말 역시 좋아하지 않았다. 아버지가 틀니를 아무데다 빼놓는 걸 보고 눈살을 찌푸렸지만 그것은 결코 싫어하면 안 되는 물건이었으므로 귀엽게 여기려고 노력했고 결국 성공했는데, 귀여움은 그처럼 너그럽게 보아주거나 기특한 느낌인 경우에 쓰는 말이라는 거였다.

어머니는 '할머니 같다'라는 말 못지않게 '할머니 같지 않다'는 말에도 거부반응을 보였다. "내가 인자하게 대하면 할머니라서 그렇다고 하고 냉정하게 대하면 할머니인데도 그렇다고 하고, 결국 할머니가 인자하다는 생각은 안 바뀌지. 근데 내 성격이 냉정한 것하고 할머니인 것하고는 아무 상관 없어. 그럼 누가 잘못 생각한 거겠냐. 그 사람들이냐 나냐." "뭐가 그렇게 복잡하고 까탈스러워요." 형은 어머니가 보통의 어머니답지 않은 말을 할 때면 곧잘 짜증을 냈다. "그래봤자 할머니는 할머니잖아

요." 어머니는 곧바로 대꾸했다. "내가 할머니지만, 그
사람들이 아는 그 할머니는 아니야. 그러니까 아는 척
좀 하지 말라는 거야." 어머니 말이 맞았다. 어머니의 서
사는 그 누구의 서사와도 다른 게 당연했다. 갑자기 내
머릿속에는 어머니의 불경에 끼워져 있던 편지가 떠올
랐다.

6

국제 봉함엽서라는 것은 처음 보았다. 봉투를 조금 떨
어뜨려서 거리 조절을 해야 했지만 가벼운 노안으로 못
읽을 정도는 아니었다. 뒷면에 조그맣게 인쇄된 영어 문
구가 먼저 눈에 들어왔다. '만약 봉투 안에 뭔가가 동봉되
었다면 보통우편의 요금을 물릴 것이다.' 전쟁이 끝난 지
얼마 안 된 궁핍한 시절다운 경고문이었다. 보낸 사람의
주소는 Camp Upshur Quantico. 콴티코라면 영화 〈양
들의 침묵〉 첫 장면에 등장하는 미군 훈련소가 있는 곳이
었다. 나는 금방이라도 바스러질 듯 얇고 누렇게 변색된

봉함엽서의 네 귀퉁이를 천천히 펼쳤다.

휴일이면 워싱턴이나 뉴욕에 자주 놀러갑니다. 눈이 부시다 할 만합니다. 이곳 미국인들은 몹시 친절하며 우리가 말을 못하여 가만히 있으면 밥까지 입에 가져다줄 정도입니다. 한편 재미있는 점도 많고 또한 창피하며 씁쓸할 적도 많습니다. 사실인즉 미군 장교들 사이에 끼어 교육받기가 힘이 드는군요. 1955. 7. 12.

1950년대에 미국 땅을 밟은 청년이 고향에 전하는 짧은 안부 편지였다. 아마 한국전쟁에 참전했던 미군 부대에 인연이 닿아 그 나라 군인의 신분을 갖게 됐을 것이다. 그다음 편지는 조금 더 긴 내용을 담고 있었다.

요즈음은 크리스마스 휴가를 십칠 일간이나 얻어 유명한 곳, 그리고 낯선 곳을 막대한 금액을 투자하면서까지 구경 다니고 있습니다. 평생 떠나지 못할 줄 알았던 고향 마을을 떠올리면 그야말로 촌놈 동물원 구경 다니는 격이지요. 어제 저녁에는 세계에서 제일 큰 극장 라디오시티 뮤직

홀에서 어마어마한 시설에 날씬한 쇼에 아주 눈이 뒤집히고 말았습니다. 여기에 엠파이어스테이트빌딩이 있으면 저기에는 아주 음침한 스트립쇼가 있고 그러는가 하면 거지가 득실득실한 판입니다. 하여튼 이놈의 미국이란 나라는 최고에서 최하로 놀고 있는 나라입니다그려. 앞으로 남은 시간 동안 세상 경험을 제대로 쌓아볼까 합니다. 귀국은 내년 4월경입니다. 1955. 12. 22.

날짜 아래에 적힌 발신인의 이름을 유심히 읽어보았다. 박형만. 내가 아는 사람은 아니었다.

세번째 편지는 종이가 가장 많이 닳아 있어서 접혔던 부분이 금방이라도 찢어질 듯했다.

지난 주말에는 코니아일랜드라는 곳에 갔습니다. 정녕 이 세상이 아닌 것 같았습니다. 그 풍경을 도저히 편지에 담을 수가 없군요. 언젠가는 꼭 나의 유정한 사람과 그 해변을 걷고 싶다는 꿈을 갖게 되었습니다. 1955. 8. 6.

나는 편지를 다시 제자리에 넣어놓고 캐리어를 닫았

다. 청년 박형만의 꿈은 이루어지지 않았다. 누구보다 내
가 잘 아는 사실이었다. 그러나 그 편지는 육십 년 동안
간직되었고 미국까지 따라왔다. 그 육십 년은 박형만의
고향 처녀가 다른 남자와 결혼을 하고 세 아이를 낳아 기
르고 서울 외곽 도시로 여덟 번인가 아홉 번 이사를 다
니고 일을 벌이기 좋아하지만 도망치기도 잘하는 남편
의 작은 회사에서 경리 일을 도맡아 함으로써 끝없이 생
겨나는 빚을 갚아나가고 친정의 맏이로서 다섯 동생들을
챙기고 수많은 관혼상제를 치르고 남편과 사별하고 세
번에 걸친 딸과 며느리의 출산을 수발하고 노인 불교대
학의 봉사단원으로 십 년 넘게 보육시설의 아이들을 돌
봐왔던 시간이었다. 결코 짧은 시간이 아니었다.

그사이 와인을 다 마셨으므로 나는 먹다 남은 위스키
병을 가져와 잔에 따랐다.

어머니는 여고 졸업 이후 읍사무소에서 일했고 온갖
혼담을 물리치면서 객지로 나간 아버지가 돌아오기를 기
다렸다. 그 정도로 아버지에게 완전히 반해 있었다는 건
아버지의 입을 통해 자식들 모두 알고 있는 사연이었다.
아버지의 장례식을 마친 날 눈가가 빨개진 누나가 어머

니에게 물었었다. "엄마, 뭘 보고 그렇게 아버지한테 반했어?" 어머니는 아버지가 반말을 하지 않는 점이라고 대답했다. 어머니 주변에 아버지처럼 어린애나 여자에게 하대를 하지 않는 남자는 드물었다. "그 시절엔 왜 그랬나 몰라. 어머니들이 더했어. 딸이 엄니, 하고 부르면 응, 하고 대답하는 게 아니야. 왜 이년아! 다들 이렇게 대꾸했지." 그리고 누나의 말대로라면 아버지는 어머니의 첫사랑이자 생애 유일한 남자였다.

마지막 잔을 비울 때까지도 어머니는 돌아오지 않았다. 시간은 아홉시가 가까워져 있었다. 어머니의 핸드폰은 해외 로밍이 안 되어 있었으므로 나는 국제전화로 몇 번이나 통화를 시도해봤다. 연결이 되지 않았다. 할 수 있는 일은 한 가지뿐이었다. 김선생에게 전화를 걸었다.

김선생의 목소리는 여전히 친절했지만 사무적인 냉랭함이 느껴졌다. 그는 늦은 시간에 웬일이세요, 라며 자신의 업무를 벗어난 일이란 걸 명확히 한 다음에야 에이미가 믿을 만한 사람이라고 나를 안심시켰다. 그러나 에이미의 연락처는 모른다고 했다. 지난주에 그가 관여하고

있는 한 한인 단체의 자선 모금 파티가 있었다. 뷔페식당
을 빌려 후원금을 모금하고 단체에 공로가 많은 관계자
들에게 기념패를 전달하는 큰 행사였다. 에이미는 그 모
금 파티에서 음악을 연주하는 봉사대의 일원이었다. 행
사를 마치고 뒷마무리를 하는 자리에서 처음 인사를 나
눴다고 했다.

　나는 술이 확 깨는 기분이었다. "김선생님이 잘 아는
사람이라고 하지 않았나요?" "그 정도면 잘 아는 사람이
죠. 여긴 교민 커뮤니티예요." 김선생의 말투는 변명보다
는 훈계조였다. "여기는 각자가 알려주고 싶은 만큼만 알
면서 살아요. 그게 잘 아는 거예요."

　통화를 마치기 전 갑자기 떠오르는 게 있었다. 밀크 앤
허니라는 장소를 아느냐고 묻자 김선생은 꾸짖듯이 말했
다. "거기는 왜요? 위험한 술집인데. 왜, 금주법 시대 기
분 낸다고 비밀스럽게 영업하는 데 있잖아요. 그런 데에
혼자 가시면 절대 안 됩니다. 제가 책임 못 져요." 나는
고맙다고 말한 뒤 전화를 끊었다.

7

코니아일랜드로 가는 지하철은 D라인이었다. 우리는 웨스트 4번가 역에서 만나 함께 D라인을 탔다. 빈자리가 많아 곧바로 앉을 수 있었다. 강을 건너면서부터 지하철이 지상으로 올라왔는데 창밖 풍경은 내내 흐리고 스산한 잿빛이었다. 소박한 동네와 공장지대 같은 곳을 지났고 바다는 좀처럼 나타날 것 같지 않았다. 하늘이 점점 더 무겁게 내려앉았다.

오래전 수진과 함께 갔던 날은 화창한 여름이었고 금요일 오후였다. 지하철 안은 맨해튼 도심에서 벗어나 해변으로 향하는 사람들의 흥분과 열기로 가득차 있었다. 포터블 음향기기에서 흘러나오는 요란한 힙합 음악에 맞춰 브레이크 댄스를 추는 흑인 소년들은 손잡이와 선반을 자유자재로 이용하며 놀랄 만한 유연함을 과시했다. 적지 않은 승객들이 소년들의 야구 모자에 선선히 돈을 던져 넣었다.

그 장면을 의아하게 바라보는 내게 수진은 금요일에 여름 해변으로 떠나는 사람들의 기분이란 저런 것이라고 작게 속삭였다. 그날의 기억 때문인지 이런 날씨에 한산한 지하철에 실려 바다에 가는 일이 더욱 한심하고 청승맞게 느껴졌다.

나와 반대편 자리에 나란히 앉은 어머니와 에이미도 창밖을 바라보고 있었다. 어머니는 다소 피곤한 기색이었지만 풍경을 놓치지 않으려는 듯 허리를 꼿꼿이 세우고 있었다. 에이미는 그런 어머니를 방해하지 않도록 조용한 표정이었다. 지난밤 그녀는 결국 집에 가지 못했다. 열시가 다 되어 호텔로 돌아온 어머니는 아무 말 없이 침대로 가서 눕더니 그대로 잠들어버렸다. 손에는 시든 꽃 한 송이가 쥐어져 있었다. 상황을 알기 전에는 잠이 올 것 같지 않아 나는 결국 에이미를 호텔 바로 데려가야 했다.

긴장했던 마음이 풀리면서 화가 난 탓도 있지만 술이 부족하다는 게 진짜 이유일 수도 있었다. 그렇기 때문에 에이미에게서 경위를 듣는 것보다 내가 빠르게 술잔을 비우며 온갖 이야기를 두서없이 지껄이던 장면이 더 또렷이 기억이 나는 것이다. 시간이 마치 뭉텅이로 빠져나가듯이 흘러갔다. 뉴욕의 지하철은 이십사 시간 운행했지만 시설 점검 때문인지 늦은 시각에는 노선이 변경되고 정류장이 닫히는 일이 잦았다. 택시를 타겠다고 일어서는 에이미에게 굳이 침대를 내주고 나는 소파에 눕자마자 그대로 곯아떨어졌다.

정오 무렵 김선생이 나를 행사장으로 태워가려고 프런트에서 연락해왔을 때 전화를 받은 것은 어머니였다. 어머니는 내가 잠들어 있는 동안 에이미와 함께 조식을 먹었고 코니아일랜드에 가기로 일정까지 정해놓았다. 나는 급하게 준비를 마치고 김선생의 어코드에 몸을 실은 뒤에야 조금 정신을 차릴 수 있었다. 등받이에 기댄 채 머릿속으로 상황을 천천히 정리해보았다. 연이은 과음 탓에 머리가 지끈거렸다. 그러나 결국은 핸드폰을 꺼내 호텔방의 어머니에게 전화를 걸었다. 코니아일랜드에 동행하기 위해서였다.

행사를 마친 뒤에 달리 할일이 없어서라고 말하자 어머니는 너 알아서 해, 라고 덤덤하게 대꾸했다. 그러고는 에이미에게 전화기를 넘겼다. 만날 장소와 시간을 정한 뒤 에이미는 일기예보 앱에 따르면 오후에 눈이 온다고 말했다. 날이 춥고 구경할 게 별로 없다는 뜻 같았다. 나도 그녀와 같은 생각이었다. 나 역시 어머니가 그곳에 가는 이유는 알았지만 왜 내가 함께 가려는지 확실한 이유를 알지 못했다. 어머니를 혼자 보내도 불안한 점은 없었다. 만난 지 사흘밖에 되지 않았고 웨스트 4번가 역으로 '갈게요' 대신 '올게요'라고 말하지만 에이미는 김선생의 기준대로라면 '잘 아는 사람'이었다. 그렇기 때문에 이런 날씨에 얼마간의 수고비만으로 갑작스러운 어머니의 길안내를 맡아준 것일 터였다.

전날 어머니와 에이미는 미드타운 근처에서 시간을 보냈다. 처음 간 곳은 블루 노트였다. 한가한 시간이라 예약 없이 입장할 수 있었다. 종업원이 다소 무례했고 화장실로 가는 통로에서 담배를 피우던 젊은이들이 험악한 표정으로 보란듯이 바닥에 침을 뱉었지만 어머니는 신경쓰지 않았다. 에이미의 말로는 재즈 스탠더드가 연주될 때 콧노래까지 흥얼거렸다고 했다.

그곳에서 나온 뒤에는 피자 가게를 순례했다. "세 가지 집의 피자가 맛이 다 달라요. 일등을 뽑기로 했는데 유정 선생님이 정말 어려워했어요." 어머니는 조스 피자의 고소한 치즈와 파삭파삭한 도우, 무엇보다 싼 가격에 감탄했다. 그다음으로 간 곳은 케스테 피자였는데 이태

리 피자가 이런 맛이냐며 놀란 표정을 지었고 접시와 양
초와 꽃병에서 눈을 떼지 못했다. "그래서 내가 꽃집에
들어가 꽃 한 송이 샀어요." 그것을 받아든 어머니는 꽃
을 받아본 게 몇십 년 만인지 모른다며 향기를 맡았다.
마지막으로 간 존스 피자에서는 물리기는커녕 피자가 점
점 더 맛있게 느껴진다며 조스와 존스의 맛을 확실히 구
별하기 위해서 한번 더 먹어봐야겠다고, 마치 다음에 또
올 사람처럼 말했다.

어머니는 음료 대신 물만 조금 마셨고 피자도 한입씩
밖에 먹지 않았으므로 밀크 앤 허니에 가서 알코올이 없
는 칵테일 한 잔 정도는 충분히 소화할 수 있었다. 그곳
은 김선생이 겁을 줄 만큼 험악한 장소는 아니었다. 허름
한 두 건물 사이의 좁은 통로에 문을 달고 지붕을 덮어
만든 간이주점이었다. 문을 열고 한참을 걸어들어가면
또다른 문이 나왔다. 세번째 문을 통과해서야 금주법 시
대 복장을 한 불친절한 종업원과 시멘트 외벽 아래 놓여
있는 기울어진 탁자 몇 개가 나타났다. 음악은 올드 팝이
었다. 대체 어머니에게 무슨 일이 일어난 걸까, 라고 이
이야기를 듣는 내내 나는 생각했다.

어렸을 때 집에 레코드가 꽤 많긴 했다. 그러나 재즈와 올드 팝을 좋아하는 건 아버지였다. 물들인 군복을 입고 머리를 파마하고 친구들과 어울려 기타를 치며 놀았던 젊은 시절 이야기를 나는 아버지에게서 수없이 들으며 자랐다. 어머니가 무슨 음악을 좋아하는지는 알지 못하지만 레코드의 주인은 아버지였다. 아버지의 회갑연에서 어머니가 불렀던 노래는 〈울산 아가씨〉였을 것이다. 또 배달로만 먹어보았다 해도 어머니는 피자라는 음식을 애초에 좋아하지 않았고, 어버이날이면 자주 누나나 형수가 배달 서비스로 보낸 꽃을 받곤 했다. 어머니는 마치 다른 사람이 된 것처럼 나의 예상을 벗어나 있었다.

나는 무거운 머리를 차가운 차창에 기댔다. 조금 전 망쳐버린 토론회가 떠올랐던 것이다. 준비한 원고 발표가 끝난 뒤 자유 토론 시간에서였다. 도서관협회에서 나온 젊은 미국인 진행자가 내게 한국 작가의 정체성에 대해 질문했다. 내가 특별히 한국의 작가라는 걸 의식하지는 않으며 차라리 전 세계의 작가 중 한 사람이라는 개별성에 더 정체성을 둔다고 대답하자 그의 입가에 엷은 웃음이 떠올랐다. "전혀 예상하지 못했던 답변이네요." 그는

내 말을 한국의 작가가 세계적인 작가라고 주장하는 의
미로 알아들었다. 김선생의 어색한 통역 때문이었다. 내
가 설명을 덧붙여봤지만 진행자는 노골적으로 고개를 내
저으며 예상 밖이라는 말을 한번 더 되풀이할 뿐이었다.

나는 당황스러운 한편 불쾌해졌다. 머릿속에는 그런
진행자의 태도가 아시아 작가라는 틀 안에서 자기 나라
의 후진성을 고민하고 폭로하길 바라는 이른바 제1세계
지식인들의 관음적 우월감이라는 생각까지 스쳐갔다.

나는 원고를 집어들고 거기 적힌 인용문을 다시 한번
읽었다. '(그녀는) 항상 남성/여성이라든가 젊음/늙음 같
은 전형적인 범주에 도전하고 전복하려고 노력했다. 이
러한 스테레오타입이 인간으로 하여금 제한적이고 위험
을 회피하는 삶을 살도록 유도한다고 보았기 때문이다.'
그리고 이렇게 덧붙이고 말았다. "예상이란 건 스테레오
타입에서 비롯된 편견이죠." 그뒤부터 대만과 말레이시
아 작가도 나에게 호의적이지 않은 눈길을 던지기 시작
했고 남은 시간 동안 나는 간단한 대답 외에는 거의 아무
말도 하지 않았다.

처음에 오기로 한 젊은 작가였다면 이런 식으로 토론

회를 망치지 않았을 것이다. 과민함은 콤플렉스의 표현이기도 하니까. 아마 한국에 돌아가서 돋보기를 맞추고 대형 모니터와 노안용 키보드를 산 다음에 내가 쓸 수 있는 것은 오십에 대한 회한뿐일지도 모른다. 하지만 「삼십세」와 「사십사」라는 소설은 있어도 「오십 세」라는 소설이 없는 데에는 이유가 있다. 그쯤 되면 나이드는 일이 전혀 이야깃거리가 아닌 것이다. 폭음한 뒤에 기억이 끊어지는 것만큼이나 당연한 일이 되고 만다. 다음 순간 나는 갑자기 얼굴이 굳어졌다. 지난밤 호텔 바에서의 한 장면이 떠올랐는데 나는 에이미에게 어머니의 편지 이야기를 하며 어머니를 코니아일랜드로 안내해달라고 부탁하고 있었다. 취했을 때만 이야기꾼이 되는 버릇 그대로였다.

8

코니아일랜드는 마지막 역이었다. 눈은 역에 도착하기 조금 전부터 내리기 시작했다. 차창 밖으로 놀이공원이 나타났고 커다란 관람차의 원형 휠이 환영처럼 뿌옇게

허공에 떠 있었다. 그 풍경을 덮으며 사선으로 눈발이 날렸다.

전철역을 나왔을 때는 눈발이 더 굵어져 있었다. 흰 눈이 도로에 닿아 녹으면서 바닥이 점점 검게 젖어갔다. 에이미가 어머니의 꽃무늬 우산을 펴 들었다. 우산 아래 두 사람이 앞장서 걸었고 나는 천천히 그 뒤를 따라갔다. 기념품 상가와 네이선스 핫도그의 전광판을 지나 조금 걷자 바다가 나타났다.

펄펄 내리는 눈 속에서 모래밭과 바다와 하늘이 세 개의 층을 이루며 끝없이 이어져 있었다. 텅 빈 해변에 수없이 많은 갈매기들이 날아다녔다. 눈송이의 움직임과 갈매기떼의 날갯짓이 섞여 마치 하늘 끝 소실점을 향해 거대한 군무가 펼쳐지는 듯한 풍경이었다. 갈매기들의 춤은 우리의 머리 위까지 가까이 다가왔다. 어머니와 내가 눈발을 피하기 위해 보드워크가 깔린 안내소로 들어가자 갈매기들은 그곳까지 따라 들어왔다. "저것 때문이군." 어머니의 말에 고개를 돌려보니 검은 파카를 입은 남자가 구석에 서서 먹이를 뿌리고 있었다. 순식간에 갈매기들이 남자를 에워쌌다. 나는 춥고 눈 오는 날 먹을 것을 발견해 환호하는 갈매기들을 물끄러미 바라보았다.

어머니가 혼잣말처럼 중얼거렸다. "바다에 온 게 몇십 년 만인지 모르겠네." 내가 기억하기로 어머니가 여름휴가를 떠나는 누나 가족들과 함께 제주에 갔던 게 재작년이었다. 본인이 친구들을 차에 태우고 놀러 다닌 것만 소풍이나 여행으로 치는 걸까.

수영복을 입고 백사장에서 뒹굴었던 건 언제인지 기억조차 나지 않는다는 어머니의 말에 나는 어린 나와 함께 갔던 해수욕장은 생각이 나는지 물어보았다. 어머니는 고향의 해수욕장은 생생히 기억하고 있었다. "그런데 그때 말예요." 나는 어머니 쪽으로 한 발 다가가며 다시 물었다. "원피스 안에 미리 수영복을 입고 간 거예요?"

전날 보았던 그 영화에 그런 장면이 있었다. 발 디딜 틈도 없이 인파가 넘쳐나는 1952년의 코니아일랜드. 주인공은 애인이 두 손으로 펼쳐 든 타월 뒤에서 몸을 움츠리고 수영복으로 갈아입는다. 겉옷 속에 미리 수영복을 입고 오는 그 당시 도시의 유행을 몰랐기 때문이었다. "그랬지." 어머니가 고개를 끄덕였다. "그땐 탈의실이 없어서 다들 수건으로 가리고 해수욕복으로 갈아입었어. 근데 나는 미리 원피스 안에 입고 갔어. 내 해수욕복이 땡땡이 가라였는데, 그때 서울상회에서 제일 비쌌지. 그 돈, 너 국민학교 입학 때 가방 사주려던 돈이었는데." 어머니에게서 거의 처음 들어보는 추억담이었다. "옛날 일인데 기억 잘하시네." "나이들면 옛날 일이 더 생생해져." 어머니가 대꾸했다.

에이미는 모래밭 여기저기에 발자국을 찍어가며 혼자 눈을 맞고 있었다. 이따금 우리 쪽을 향해 손을 흔들기도 했다. 처마밑 난간에 기댄 채 한참 동안 말없이 그쪽을 바라보던 어머니가 이윽고 입을 열었다. "늙으면 이상하게 평소 기억하던 것보다 더 어렸을 때 일이 기억이 나. 내가 마당에서 아장아장 걷고 있는데 우리 아버지가 마루끝에 앉아서 웃으며 손짓하던 것, 그런 게 말야. 그걸 뭐라고 해야 할까." 어머니는 고개를 돌려 나를 바라보았다. "너는 작가니까, 제대로 말할 수 있을 텐데." 그런 다음 이렇게 덧붙였다. "그게 꼭, 죽으려고 연습하는 게 아닌가 싶을 때가 있어. 지금처럼." 어머니의 목소리는 담담했다.

어머니는 우산을 펴 들고 다시 에이미가 있는 해변으

로 나갔다. 어머니와 에이미는 잠깐 우산 아래에 나란히
서서 눈 내리는 바다를 바라보았다. 나도 그들을 향해 걸
음을 옮기기 시작했다.

수진이 어릴 때 살던 동네에 코니아일랜드라는 브랜드
의 아이스크림 가게가 있었다. 어른이 된 뒤에도 수진은
이따금 그 가게를 떠올렸다. 그런데 주변에 아무리 물어
봐도 그 이름을 기억하는 사람이 한 명도 없었다. 첫 만
남 때 내가 그 아이스크림의 콘을 감싸고 있던 포장지의
삼색 도안을 기억한다는 이유로 그녀는 나를 특별하게
생각했다. 수진이 겨울의 코니아일랜드를 좋아할까. 그
럴 것 같았다. 비록 아이스크림 가게는 문을 닫았지만 눈
이 펄펄 내리는 날 보드워크를 걸으며 갈매기의 춤을 보
는 것도 괜찮을 것이다. 한 번 와본 장소라 해도, 그리고
같은 사람과 온다 해도 다른 눈으로 본다면 전혀 다른 풍
경이 될 수 있으니까. 그 풍경 속에서 수진은 눈을 돌려
다시 나를 바라볼지도 모른다.

어머니와 에이미의 목소리가 점점 가까이 들려왔다.
그들은 무슨 이야기인가를 주고받더니 함께 큰 소리로
웃었다. 그리고 갑자기 어머니의 입에서 노래가 흘러나

왔다. 동해나 울산은 잣나무 그늘, 경개도 좋지만 인심도 좋고요. 후렴 부분은 에이미도 아는지 따라 불렀다. 울산의 아가씨, 유정도 하지. 쏟아지는 눈 속에서 에이미가 큰 소리로 말하는 게 내 귓가로 들려왔다. "유정 선생님, 다음번에는 시카고로 오세요. 우리 할머니도 만나요. 우리 할머니 사실 외롭거든요. 같이 카지노 가서 게임 놀아요."

이제 어머니는 우산을 옆으로 제치더니 우뚝 서서 하늘을 올려다보고 있었다. 허공에서 쉴새없이 눈송이가 뿜어져 나와 어머니 얼굴로 떨어져 내렸다. 에이미가 다가가 어머니의 손을 잡았다. 둘은 다시 노래를 시작했고 춤이라도 추듯이 어깨를 들썩였다.

내 입에서는 문득 어머니가 하듯이 혼잣말이 새어나왔다. 춤춰본 게 언제였는지 기억이 안 나. 나는 머릿속으로 혼잣말을 이어갔다. 하지만 사람은 자기의 현재에 살아야지. 지금 나에게는 누군가와 다시 와보고 싶은 장소가 생겼어. 그리고 우리 어머니는 계속해서 새 친구를 사귀겠지. 노래도 부르고 게임도 놀면서. 눈이 더 빠르게 쏟아지기 시작했다. 순식간에 시야가 흐려졌다. 나는 눈발을 뚫고 어머니 쪽으로 걸어갔다. 미친듯이 퍼붓는 눈의 율동 때문에 온 세상이 들썩거리는 것 같았고 걸음을 옮길 때마다 몸이 흔들려 마치 정말로 춤을 추는 기분이 들었다. 어머니가 부른 노래의 후렴 부분은 내 귀에도 익은 가락이었다. 아가씨, 유정도 하지. 나는 퍼붓는 눈을 맞으며 그 음률에 맞춰 춤을 추듯이 한 발 한 발 어머니에게로 다가갔다.

                              *

  '나는 항상 상대의 잘못을 탓하기보다는 책임을 지는 쪽을 선호합니다. 나 자신을 희생자로 보는 게 정말 싫어요. 차라리 뭐랄까, 내가 이 사람과 사랑에 빠지기를 선택했는데 알고 보니 개새끼였어, 이렇게 말하는 게 나아요. 그건 '내가 한' 선택이었으니까요.'
  이것은 내가 육 년 전 뉴욕 여행에 갖고 갔었던 책의 한 구절이다. 그 책에서 왜 이 부분이 적힌 페이지를 접어놓았는지 지금은 기억이 나지 않는다. 그러나 여행이란 죽음의 예행연습이라는 어머니의 말은 잊히지 않는

다. 그 여행 내내 어머니는 검은색 수첩을 갖고 다녔고 그 안에는 빛바랜 내 신춘문예 당선 기사가 간직돼 있었다. 코니아일랜드에 함께 갔던 여성이 알려주지 않았다면 지금까지도 몰랐을 것이다. 그 수첩은 이제 내가 갖게 되었다.

이따금 나의 가장 오래된 기억이 뭘까 떠올려볼 때가 있다. 대여섯 살 무렵 어머니와 바다에 같이 갔던 날 이전에 대해서는 아무런 기억도 없다. 어머니의 말대로 아마 더 많은 죽음의 예행연습을 하면 그때에 더 어린 날의 기억이 떠오를 것이다. 그 기억 속에서는 나를 포대기에 안은 젊은 어머니가 아가씨처럼 웃으며 재즈와 올드 팝에 맞춰 춤추고 있을지도 모른다.

* 소설에 나오는 인터뷰집은 수전 손택과 조너선 콧의 『수전 손택의 말』(김선형 옮김, 마음산책, 2015)이다.

작가의 말

지난 이 년 동안 쓴 소설을 책으로 묶는다. 나의 열다섯번째 책이다. 그런데 왜 새삼스럽게 서툰 마음일까? 꾸준히 해왔던 일이고 앞서 책을 낸 지도 얼마 되지 않았는데, 왜 굳은 얼굴로 바지에 손바닥의 땀을 문질러가며 이글을 쓰고 있는 걸까. 불현듯 답을 알 것 같은 기분이 든다. 이 소설들이 나의 편견과 조바심을 자백하는 반성문인 셈이라서 내가 용서받을 수 있을지 없을지 긴장하고 있는 듯하다. 애써 내가 아닌 척했지만 네 편의 소설 모두에 내 독선적 진지함의 동선이 그대로 보인다.

하지만 언젠가 썼듯이 나는 소설 속 인물들이 위축되

고 불안한 가운데에서도 스스로를 방치하지 않으며 타인에게 공감하려고 애쓰기를 바랐다. 고독 속에서 연대하기를 바랐고. 그러니 이 반성문을 쓸 때의 내가 진심이었기를, 그것이 삶과 책의 판관들에게 무사히 전해져 내가 사면을 받고, 쓰는 자로서 더 자유로워질 수 있기를.

K가 뉴욕에 사는 십이 년 동안 그곳에 자주 갔다. 그와 함께한 시간들이 이 책이 되었다. '만약 내가 뉴욕에서 그처럼 고생을 하지 않았다면 이 소설들은 무척 심심해졌을 것이다.' 이 책에 대한 그의 농담이다. 낯선 도시에서의 힘든 여정을 이겨내고 그것을 소설로 쓰도록 해주고 또 기꺼이 감수자가 되어준 K에게 깊은 사랑을 전한다. 네 편의 소설에 각기 아름다운 장면을 하나쯤은 넣고 싶었던 것이 그 마음의 표현이다.

이 소설들이 발표되었던 문예지의 편집자들께도 감사한다. 몇 년 동안 장편소설에 매달리다가 오랜만에 다시 단편소설을 썼을 때, 나의 불안과 엄살을 무시(?)하고 덤덤히 문을 열어주어 고마웠다고 말하고 싶다. 무엇보다 이 책의 모난 부분을 깎아내고 초점이 선명해지도록 공을 들여준 김내리 편집자께 각별한 고마움을 전한다. 귀한 글을 보내준 백수린 작가께 마음을 담아 인사를 보낸다. 도움을 주신 소소의책 박남숙님께도 이 책으로 안부를 전하고 싶다.

지난 크리스마스 때 카페에 나가 마지막 교정을 보았다. 캐럴이 울려퍼지는 실내는 따뜻하고 다소 부산스러웠다. 일을 마친 뒤 에코백에 짐을 챙겼다. 핸드폰, 교정지, 랩톱, 연필과 지우개와 형광펜이 든 필통, 손 소독제, 에어팟, 핸드크림. 얼굴의 마스크도 다시 확인하고. 그런데 다음날 에코백을 열어보니 교정지와 함께 늘 갖고 다니던 공책이 보이지 않았다. 거기에 작가의 말에 쓸 메모도 들어 있는데…… 그 공책을 아직까지 찾으러 가지 못하고 있다. 그걸 찾았다면 이 글을 더 수월하게 쓸 수 있었을까? 이제 다 썼고 마음에 여유가 생겼으니 찾으러 나갈 수 있을 것 같다. 모든 불발의 우연과 실속 없는 모순과 끝내 오지 않을 미래의 슬픔에 감사드린다.

2022년 1월

은희경